俳句のルール

井上泰至【編】

笠間書院

俳句のルール◉井上泰至［編］

目次

【本書のルール】

○取り上げた俳句は、主として「国語総合」「古典A・B」など高等学校の教科書に掲載されている作品を中心としました。表記は、読みやすさを考慮して適宜《てきぎ》あらためています。

○本文中の専門用語には出来るだけ解説を付けています。また巻末にも説明しきれなかったものを中心に紹介しています（「俳句用語解説」）。

◉はじめに

俳句――
そのルールに潜む
「日本らしさ」のプログラム

俳句占い

いきなりですが、以下の六つの俳句から、一つだけ好きな句を選んでみてください。

1　**上京の切符整ひ初桜《はつざくら》**　山田弘子

2　**爪弾《つまび》かれたるが如くに桜ちる**　西村和子

3　**花の色とはうすべにか薄墨《うすずみ》か**　片山由美子

4　**大鯉の渦に浮き出て落花《らっか》かな**　茨木和生《いばらきかずお》

5　**花を見上げて日曜を出勤す**　岩岡中正《いわおかなかまさ》

6　**ボールいま落花追ひ越しオフサイド**　坊城俊樹《ぼうじょうとしき》

お気づきでしょうが、皆「桜（花）」を詠んだ俳句です。作者は1の山田弘子さんを除いて、現役でご活躍中の方々ですし、山田さんも、二〇一〇年に亡くなられましたが、現代の俳人です。

技巧のないよい句にもあるルール

さて、1の句を選んだ方は、まっすぐな方ですね。「上京」というくらいですから、電車に乗って、東京に一泊はしないといけない場所で、何か目的を持って旅の準備をしているのでしょう。「初桜《はつざくら》」は、その年最初に咲く桜のことですが、初々しさだけでなく、桜への期待感もあります。それは旅への意気込みや期待感とも重なります。旅の目的は、どのように想像してもいいでしょうが、東京の桜はどうだろうという思いもこの句からは読み取れます。率直な気持ちを詠んだこの句は、表現の上でも技巧《ぎこう》のない「まっすぐ」で若々しい句です。そんな外連味《けれんみ》のない句ですが、「初桜」という季語のルールを深く知ってみると、作者の感情が明確にこちらにも伝わってきます（第1章参照）。

しっかりと観察し繊細に言葉を選ぶ

2の句を選んだ方は、細かい観察力に富んだ人です。この桜はどんな桜なのか、頭の中に絵を描いてみてください。「初桜」でしょうか。三分咲き、五分咲き、満開、散り初め、一斉に散る「落花《らっか》」のどれでしょう？　そう、満開から散り始めるあたりですね。「一斉に」「はらはら」ではなく、時に「一片《ひとひら》」「二片」と、つまり「はらりはらり」と散る状況でしょう。

こうした花の咲き方・散り方への細やかな観察が、この句の出発点になっていますね。「爪弾《つまび》き」とは、弦楽器、それもバイオリンのように、道具を使って奏《かな》でるのでなく、掌《て》で「本調子」に入る前に、軽くかき鳴らす状態を言います。「はらりはらり」と散る喩《たと》えとしては秀逸《しゅういつ》ですね。やがて目くるめくように、一斉に散る「落花」の前奏曲のようで、個人的には春爛漫《はるらんまん》の真昼の、ちょっと気だるい感じの桜をめぐる「曲調」が頭に浮かびます。そこまでは、私の思い入れにしても、この句を読めば、誰しもが、やや大ぶりの満開の桜の姿を思い浮かべることでしょう。それだけ、この句は、読者の心に絵が浮かぶような、視点がしっかりとわきまえられた、骨太な句でもあります。材料を選ぶ「眼」がしっかりとしているうえ、細かいところまでの観察と、それに見合った表現が選ばれているからです。

近代俳句の重要なルールに「写生《しゃせい》」があり（第8章参照）、それは観察することと言い換えてもいいのですが、この句はまさによく観察した上で、それを台無しにしない細やかな配慮の行き届いた比喩《ひゆ》が使われていた、お手本のような句でした。

リズムと文字が交錯する美の世界

3を選んだ方は、芸術家肌です。美を愛する方と言い換えてもいいでしょう。まず、リズムの良さにお気づきですか。「うすべにか薄墨《うすずみ》か」と、きれいに「う」と「か」が繰り返されています。歩行にしろ、鼓動にしろ、リズムとは、繰り返しから生まれます。この作者の配慮も行き届いていて、繰り返しを目立たないように「うすべに」「薄墨」と、仮名と漢字に書き分けています。芸が細かいですね。この細部をゆるがせにしては、台無しです。味がよければいいというものではなく、「見た目」にも細心の注意を払う、お菓子職人のようなセンスがこの表記の選択には、脈打っています。

また、「花の色とは」という句の冒頭のリズムはどうでしょう？　音数の上では一応「花の色／とは」と切れているようにも見えますが、意味の上では「花の色とは／うすべにか／薄墨か」と切れていて、この句は、「五・七・五」ではなく、「七・五・五」の変則的なリズムで始まっています。俳人の中では、これを「句またがり」と呼んでいるのですが、本来「五」であるべきところが、「七」で始まると、ぐずぐずした感じがしてきます（第2章参照）。

当然、作者はそれを狙っているのでしょう。桜の花の色は、太陽に照らされた時は、「うすべに」ですが、曇ったり、日が落ちたり、雨が降ったりした時は、「薄墨」にも見える。その陰陽《いんよう》両面の美の発見を、「うすべに」は柔らかく仮名で、「薄墨」は対照的にかっちりと漢字で、可視化《かしか》できるよう書き分けている。この句は、音も表記も、「美」の論理によって支配されているのです。

「か」の繰り返しが、いいですね。桜の持つ、奥行の深い美しさに身をゆだねている感じです。こういう風に、断定をせず、問いかけを問いかけのまま、答えを期待しない形で投げ出すような、「美」の文体は、和歌以来磨《みが》かれてきた、日本語表現の「公式」でもありました。

年の内に春は来にけり一年を去年とや言はむ今年とや言はむ　（『古今集』春歌上・在原元方《ありわらのもとかた》）

（去る年の年末に立春の日がきたよ。今日一日を去年と言おうか、新年と言おうか。）

旧暦では、年末に立春の日が来てしまう「例外」があったわけですが、「今日は去年なのか今年なのか」、その答えを聞いているのではなく、春が来たと早く言いたい気持ちの「揺れ」を表現しているわけです。

ねぇ　どうして　すごくすごく好きなこと
ただ　伝えたいだけなのに　ルルルールルー
うまく　言えないいんだろう…（「LOVE LOVE LOVE」　作詞　吉田美和）

この問いかけも、愛しているからこそ伝えにくい「もどかしさ」が託されているだけで、答えなど最初から期待しているわけではありません。

ルールを知れば俳句はますます楽しい

ここまで、読んできてお気づきでしょう。「季語」「写生」「音調《おんちょう》」といった俳句の要《かなめ》となる「プログラム（＝ルール）」を正しく理解すると、俳句は楽しいものだと。本書の目次をご覧になれば、その過半は、俳句を読み解くためにポイントとなる「ルール」について、教科書に載せられた句を中心に、わかりやすく、かつ掘り下げて説明されています。俳句を「読む」だけの人はもちろんのこと、俳句を「詠む」人にとっても、楽しく、かつためになることは受けあいです。

また、俳句は、基本的に季節に託して「こころ」を詠むものですから、これを詠む／読む人の個性を照らし出します。

4の句を選んだ人は、理知的な人です。片々たる可憐《かれん》な「うすべに」の落花と、大きな、おそらくは真鯉《まごい》との、色や形の対比が生きています。ダイナミックな「渦《うず》」と、はらはら落ちる花びらの嫋《たお》やかさの対照も、お互いを引き立てています。意外な食材を取り合わせるような、その大胆でよく考えられた着想に、「智」の働きが見えますね。

5の句を選んだ人は、真面目な人です。この句の主人公は日曜も働いているのですから。「花を見上げて」という字余りに、「行きたくないけど行かねば」という真面目さと若干《じゃっかん》の恨めしさと、そんな自分を少し笑ってみせる軽い「余裕」が見てとれます。真面目な人ほど、「俳句」の「俳（＝滑稽《こっけい》）」を詠めるのだと言ったのは、真面目な性格なのに、というか、だからこそ、おかしな句をいっぱい詠んだ、夏目漱石を評価した親友、正岡子規《まさおかしき》です。

6の句を選んだ人は、やんちゃで楽しい人ですね。「惜しいなあ、今せっかく点が入るところだったのに」——。きっと、Jリーグの選手を狙うようなサッカーではないのでしょう。そう上手くもないのですが、蹴っている時は、名選手の気分でシュートを撃っている。その試合の緊張が、すっとほどける短い時間に、一瞬の輝きを持つ「落花」はよく合います。健康で、男性的で、現代的なロマンが伝わってくるではありませんか。

そう、「桜（花）」のように、懐の深い、大きな季語は、「占い」ができるほど、はるか昔から今日に至るまで、多くの人の、さまざまな「こころ」を受け止めてきたのでした。

俳句という「器《うつわ》」の日本らしさ

さて、本書は、俳句そのものについての「ルール」だけでなく、俳句を生み出し、育ててきた環境についても、章を立てて解説しています。なぜ俳句は集団で作るのか（第5章参照）、なぜ滑稽がテーマとなるのか（第7章参照）、季語や五七五の定型を突《つ》き抜《ぬ》ける俳句とは何か（第9章参照）、等々。そして、自然に焦点を合わせ、極端に短い、ユニークなこの詩は、いまや海外でも大きな注目を浴びています（第10章参照）。それらについて、理解を深めることは、俳句に潜《ひそ》んでいる、世界の中の「日本らしさ」なるものの本質を考えるうえでも、重要なヒントを与えてくれます。

来るべき東京オリンピックの招致にあたり、プレゼンでは、「ユニーク」で「コンパクト」な「おもてなし」をキーワードに、「日本」で開催することの意義が世界に訴えられました。一方、俳句のたどった道のりについて、ポイントとなる言葉を挙げてみると、それらのキーワードとぴたりと重なることに驚きを禁じ得ません。そして、自然環境の保護が、世界的な課題になっている今日、「ユニーク」で「コンパクト」な「おもてなし」の精神が生み出した、この俳句という小さな「器」が、世界で注目される意味も見えてくるのではないでしょうか？

▼井上泰至

第1章◉【季語】きご

俳句にはなぜ
季語が必要なのでしょう？

季節感——豊かでドラマチックな四季

「俳句には季語が必要です」と説明した後、モンゴルから来た留学生に、「秋刀魚《さんま》」のように、その名だけで季節を感じさせる言葉があるかたずねたら、自信満々に「あります！春の肉、夏の肉、秋の肉……」と返ってきて、教室が笑いに包まれたことがありました。

同じ島国でも、イギリスで食卓にのぼる魚は、タラ・サケ・ニシンくらいでしょうか。それに比べて、日本の魚は豊富です。また「旬」があるということは、世界が注目するスシの文化を思い起こしてみればわかることです。日本は自然が細やかで多様な国だ、といえるでしょう。

台湾へ行って、観光案内をしてくれた若い女性は、「日本が大好きだ」と言います。どこがそんなにいいのか尋ねると、「季節にメリハリがあっていい」と。私は「それは随分、日本のことをご存知ですね」と答えておきました。俳句にも「夜長《よなが》」という季語があります。一番夜が長いのはクリスマスの頃。それなのになぜ「夜長」は秋の季語なのかといえば、それは夏に比べて長くなった感覚をいうからで、かように季語は、うつりゆく季節のメリハリ、前の季節からのドラマチックな変化を前提にしている面が濃いからです。

一口に、俳句は自然の詩だとか、環境文学だとかと言われますが、こうした日本の風土を前提にした季節感は、第10章でふれるように、海外で詠まれるハイクには希薄《きはく》です。自然が主役である、短い詩という点は同じでも、あちらがカリフォルニア・ロールだとしたら、こちらは本物の寿司といったところでしょうか。

季語の働きには大きく分けて三つあります。「季節感」「連想力」「安定感」。日本の四季は多様で豊かでドラマに満ちていますから、そこで磨かれてきた季節の言葉を使うだけで詩情が湧《わ》くようになっています。

安定感があるから連想が働く

いざ行《ゆか》む雪見にころぶ所まで　松尾芭蕉《まつおばしょう》

雪が降ってときめくのは詩人と子供、それに南国からきた外国人くらいかもしれません。生活にとって、雪は障害でしかないでしょう。花や月なら、障害とはなりません。だから逆に、詩人は雪とそれによって化粧されていく景《けい》に狂喜する心を試されます。

いくたびも雪の深さを尋ねけり　正岡子規《まさおかしき》

もともと「病中雪《びょうちゅうゆき》」と前書きしての句です。詩人、それも見歩くのが何より好きな詩人である子規は、しかし雪を見ることがかないません。「いくたびも」看病する家族にこれを尋ねるやりとりから、「雪」は悲しく切ないものとして心に響いてきます。

その悲しさ・切なさは、この句の詩の核心です。「日常」の景色を一変させ、美しくする「雪」。それは誰もが思い浮かべる「季節感」です。そこにとどまらず、見たくてもそれがかなわない作者の思いも、「雪」は受け止め、そのことで詩の驚きや飛躍が生まれてきます。

しかし、逆に考えれば、雪の明るさ・神聖さを誰もが思い浮かべる「安定感」が、この季語にはあるからこそ、詩への飛躍という「連想」が働くことが可能になっているとも言えるのでしょう。「安定感」の世界にだけとどまっていては、似たような俳句が並ぶことになりますが、この「安定感」があるからこそ、誰もが容易に詩情を託せるのも事実です。

日本に俳人は万単位でいます。日本の主たる俳句団体（日本伝統俳句協会・俳人協会・現代俳句協会）の会員数を合わせると、二万人は下りません。俳句をたしなむ人を含めればもっと増えることでしょう。欧米でこれだけの詩人が日本にはいるのだと言ったら、彼らは目を丸くして、「日本は詩人の国なのか」と誤解するでしょうが、それだけ多くの人が、俳句作者でいられる大きな理由の一つに、「季語」という「ルール」の存在があることは間違いありません。

なぜ、ルールとしての「季語」は生まれたか？

ちょっと歴史的な事情に寄り道してみましょう。人もモノも、来歴《らいれき》を調べてみると、その本質が見えてきます。俳句は、五七五七七の和歌の、上の句と下の句を別の作者が詠む「連歌《れんが》」から派生しました（第7章参照）。その時、ルールとしての「季語」が誕生する芽は生まれたと言っていいでしょう。なぜでしょうか？

季節そのものは、和歌においても重要なテーマでした。古典和歌の規範《きはん》となった『古今和歌集《こきんわかしゅう》』をひもとけば、その構成（部立《ぶだて》）は、冒頭から、恋や無常の歌に先駆けて、春夏秋冬に分類された四季の歌が並びますし、春歌の部の配列をみると、立春からはじまって惜春《せきしゅん》まで、時間順に並べられ、春を「待つ心」と「惜しむ心」という、俳句に連なる季節感がその主たるテーマであることがわかります。しかし、和歌の中には、春歌に分類されていても、「季語」に当たる言葉を詠み込んでいないものもあります。

梓弓《あづさゆみ》春立ちしより年月《としつき》の射るがごとくも思ほゆるかな（『古今和歌集』・一二七・在原業平《ありわらのなりひら》）
（梓弓を張るという春になってから、時間が矢を射るように早く過ぎ去ってしまうと思われるよ）

この歌には「春立つ」という季語にもなっている言葉が詠み込まれてはいますが、この歌のテーマは「惜春」です。その意味でこの歌の中の「春立つ」は、テーマとなる詩情を連想させる、季語のような役割を果たしていません。歌全体から「惜春」の情を表現しています。

その言葉を使えば、ある特定の季節感を想像すべきだというルール、それを「本意《ほい》」と呼びならわしましたが、これが成立してくるのは、連歌がさんざん詠まれてルールが形成されてくる室町時代の末のことです。これが特定の情感を連想する季語の源流と言っていいでしょう。連歌はしりとりのような、複数の人間が詠み継《つ》いでいく一種のゲームですから、最初の五七五には、季を詠み込まなければならないとか、春の句は何句まで続けて詠まなければならないといった「ルール」が生まれてくるのも必然です。そうすると、ある言葉にはある特定の季節感を連想することが求められてきます。その時、根拠になるのは、文学として磨かれてきた言葉、つまり和歌のバイブルである『古今和歌集』から『新古今和歌集』までの勅撰集《ちょくせんしゅう》がモデルになりました（第7章参照）。

やがて江戸時代になって俳諧《はいかい》が一般に広がるようになると、和歌以来の季《き》の詞《ことば》に加えて、日常目にする四季の詞を新たに加えてゆくことになります。俳諧／俳句は、こうして新たな詩語としての季の詞を開拓してゆくのですが、それは一面新たな「本意」を持った言葉の開拓を意味しました。

結局、明治になって正岡子規が「俳句における四季の題目（季語）は和歌より出て更にその区域を広くしたり」（『俳諧大要』）と、俳句／俳諧の、和歌に比べての「雑食ぶり」を指摘するとともに、「和歌より出でて更にその意味を深くしたり」と総括したように、季語の数は増えても、一つ一つの季語の「区域（＝連想できる季節感）」は限定され、情感を深く掘り下げていったわけです。子規も指摘しているように、「涼し」という言葉は、和歌では夏でも秋でも使うのですが、俳句では「涼し」は夏、秋は「新涼《しんりょう》」と区別しますし、「月」という言葉は和歌では特に季節を限定しなかったものが、俳句では秋に限定されていったわけです。

夏山の夕下風の涼しさに楢《なら》の木蔭のたたまうきかな（『山家集』夏・西行《さいぎょう》）

（夏の山の夕べの下風の涼しさに柏木の木蔭すら立つのが嫌なことだ）

吹く風の涼しくもあるかおのづから山の蝉鳴きて秋は来にけり（『金槐和歌集』秋・源実朝《みなもとのさねとも》）
（吹きよせる風が涼しいことよ。おのずと山の蝉《せみ》が鳴き声もうるさくなく聞こえる。秋が来たのだなあ。）

大の字に寝て涼しさよ淋しさよ 小林一茶《こばやしいっさ》

新涼や白きてのひらあしのうら 川端茅舎《かわばたぼうしゃ》

俳句は和歌よりいっそう短い、かわいそうなほど小さな器《うつわ》の詩です。一言も無駄にはできません。そこで、ルールとしてこれを磨き上げることで、詩の伝達力の源である「連想力」と「安定感」を獲得していったわけです。

子規によって提唱された「写生《しゃせい》」という方法を受けて、後継者である高浜虚子《たかはまきょし》は、さらに新しい季語を、自己とその弟子の作品によって開拓していったのでした。

人間くさい季語たち

以上で、季語が俳句の最も重要なルールであることは、おわかりいただけたでしょうが、季語というルールは絶対的なもので、変化することはないのかと言えば、そうではありません。先に述べたように、和歌と違って俳句／俳諧は貪欲《どんよく》に新しい「季語」を開拓していったのですから、世の中が変わって、新たに生まれる季語もあれば、滅《ほろ》んでいく季語もあります。

たとえば、天文・天候に関する言葉には大きな変化はありません。しかし、人間の生活に関する季語、行事に関する季語、欧米から入ってきたものに関する季語には出入りがあります。

アイスクリーム・クリスマス・薔薇《ばら》などは明治以降に加えられた季語ですし、竈《かまど》に残った温もりを求めて籠《こも》る「竈猫《かまどねこ》」や、今は文化の日となっている「明治節《めいじせつ》」などは消えていった季語です。俳句は自然がテーマだと言いましたが、それは人間を描かないという意味ではありません。雛《ひな》・花火・運動会・賀状《がじょう》書くといった生活を彩《いろど》る行事、あるいは筍《たけのこ》・夏座敷《なつざしき》・秋刀魚・マフラーといった衣食住やそれにまつわる動植物の季語を想起《そうき》すれば、人間の姿は見えてきますし、原理的に言えば、全く人間が出てこない俳句にも、その季語を選んだのは作者ですから、その選択と表現に人の心はついてまわります。というか、人の心を込め、それが読者に伝わらなければ、いい俳句ではないわけで、俳句は人間と自然を切り離して考える世界に立っているのではなく、むしろどんなに自然だけを詠んでいても、実は作者の心という最も人間的な部分が核心にはあるわけです。

赤い椿白い椿と落ちにけり　河東碧梧桐《かわひがしへきごとう》

色のコントラストが効いた写真のような俳句です。椿《つばき》は花ごと「落ち」る花で、一片ずつ「散る」花ではありません。大輪の花ですが、牡丹《ぼたん》のような色気も、白百合《しらゆり》のようなきりっとした感じも、薔薇《ばら》のような洋風の、ゴージャスな感じもありません。これら別の属性を持つ大輪の花と比べた時、椿は「品格」の花だということに気づかされます。

「この句はどこにある椿を詠んだでしょうか？」とアンケートを取れば、大きな庭を持つお寺か、かつての武家屋敷《ぶけやしき》のような和風の建築、それも格式《かくしき》のある建物を多くの人が想像するのではないでしょうか。それを読み解いた読者は、作者が思わず心惹《ひ》かれた、椿の色の典《てん》雅《が》さ――それは木に咲いている時ではなく、点々と花ごと色を交えて「落ち」た時に感ずるもので、この句の舞台が静かな環境であることを連想させますが、それらを含めて椿の美に共鳴《きょうめい》しているわけです。

人間が前面に出ている俳句もあります。

御手討《おてうち》の夫婦《めをと》なりしを更衣《ころもがへ》　与謝蕪村《よさぶそん》

（本来は御手討ちとなるはずだったが、今は夫婦で衣更えをする幸せをかみしめている）

江戸時代、武家に奉公《ほうこう》する男女は、恋をしてはいけない決まりでした。しかし、それでも抑えきれないのが恋の情というもの。ただし、発覚すれば殿さま自ら成敗《せいばい》する、厳しいルールがありました。一夫多妻の時代、武家屋敷で「男」は殿さまだけでなくてはならなかったわけです。

一度は二人とも死を覚悟したところ、お殿様の温情で、おそらくどこか別の場所で新婚生活を送っているのでしょう。かつて衣類は女性が仕立てるものでした。夏の季語「更衣《ころもがへ》」の季節感がここでは生きています。冬から春にかけて着用していた衣を、白か、あるいは華やかな色の、しかも軽い材質の着物に着替えるわけですが、そこには新鮮さと、初夏特有の生命感があります。まさに、命がけの危機を乗り越えて、今の幸せを感じるというドラマのような一場面を象徴し、実感を持たせるのが季語「更衣」でした。

古池や蛙《かはづ》飛び込《こ》む水の音《おと》　松尾芭蕉

ただの古い池ではありません。「古」は「故」に通じ、かつては人が住んでいたが、今は誰も住んでいない家の池のことです。そんな場所で、蛙が飛び込んだ音に耳を傾けている人物は、相当閑《ひま》な人ですね。

単にすることがないというのではありません。心に悩み事や迷う事もない、落ち着いた心でないと、こんな状況は迎えられません。その心の静けさの中に聞こえてきたのが、蛙の水に飛び込む音だったのです。その音は、作者の雑念のない心によってすくい取られた音だったわけです。また、「古池」は一種の「死」の世界でもあるわけですが、そんなところにも生き物の命の躍動を聞き取ったとも言えるでしょう。まさに作者の心が切り取った季語でした。

和歌・連歌では蛙は鳴き声を鑑賞するものでした。しかし、芭蕉の心は、この「蛙」に新しい連想を見出したという意味でも、実は画期的であったわけです。

季語は決して、ただの「自然」ではありません。人間がそこから情感をくみ取った結果、選ばれてきた言葉だったわけです。こうした「季語」の説明を終えた後、学生諸君に感想・質問・意見はないか聞いてみます。そこで多く出てくるものは、誰がどうやって季語を認定していくのですかという質問です。

それは、多くの読者が名句だとして愛唱するような句が詠まれた時、季語として定着します。そして、それを登録していったのが「歳時記《さいじき》」なのだ、と答えることにしています。俳句／俳諧の歴史の中では、まず江戸時代に北村季吟《きたむらきぎん》という連歌師《れんがし》でもあり、俳諧作者でもあり、古典文学の学者でもあった人物が編んだ『増山《ぞうやま》の井《い》』（一六六七年刊）という歳時記によって、基本線が出来ました。季吟は、和歌に通じ、連歌の本意も熟知していましたから、和歌・連歌以来の季の詞《ことば》を踏まえた上で、俳諧が開拓した季語を加えて登録したのでした。芭蕉も、その俳歴の出発は、季吟の流れを汲《く》むものでした。

近代になってからは、高浜虚子の『新歳時記』（昭和九〈一九三四〉年刊）が大きな影響力を持っています。近代になって、新しい季語を認定し、その弟子たちと詠んできた虚子は、その言葉と例句を登録し、その季節感を、簡《かん》にして要《よう》を得《え》た、しかも情感のある文章で解説しました。昭和三十年代に入って日本人の生活が、工業化によって大きく変化して以降、季語は、失われゆくかつての日本人の生活に根差《ねざ》した季節感を見つめ直す色を帯びるようになりました。こうした名もなき日本人が営んできた生活文化を研究するのは、柳田国男《やなぎたくにお》や折口信夫《おりくちしのぶ》のような民俗学者の役割でしたが、昭和三十年代以降の歳時記編纂《へんさん》に主たる役割を果たした山《やま》本健吉《もとけんきち》と、それをバックアップした角川源義《かどかわげんよし》が共に、折口の弟子であったのは象徴的です。

俳句の生み出す時間

俳句を詠むということは、そのまま「季語」の持つ情感に共鳴することを意味します。「季語」というレンズを通してみた、自然と人間の営みを描くと言い換えてもよいでしょう。そういう行為は、我々にどんな影響を与えるのでしょうか？

俳句を詠むようになると、花の名前や生き物の名前、それにその季節感を数多く知るようになります。今までは、ただ「きれいな花だな」と思って通り過ぎていたものも、「あれは「槿《むくげ》」というのか、白もあれば底紅《そこべに》もあるんだな、夏の終わりから見かけるけど秋の花なんだなあ。そういわれてみるときれいだけど、ちょっと寂《さび》しい感じもする花だよなあ」といった具合に、身近になります。

自然に関心を持つだけでなく、そこから情感を得るようになるわけです。芭蕉は、そのことを「四時《しいじ》を友《とも》とす」（「笈の小文」）と言い表しています。友達ですから、楽しい、嬉しい、悲しい、寂しい等々、いろいろな情感を共有してくれます。決して話しかけたりはしませんが、関心を持って見るようになると、いっしょに笑ったり、泣いたり、励ましてくれたりします。

さらに、俳句を詠むようになると、時間の流れが違って感じられます。何分刻みの時間に追われる世界とは別のものです。かつて時間は、「月日」と呼ばれたように、天体の運行に沿って、巡り来るものでした。「一年」を計測する「暦《こよみ》」は「日読《かよ》み」が語源であったと言われるように、日の動きを観察し計測することで、四季の循環を誰にも確認できるよう時の流れを人為的に区切ったものでした。そこに「時計」のような機械で測った精密な時間感覚はありません。

今日のように、電車や自動車や飛行機、それにインターネットを使って、正確に人・モノ・金を移動させる時代、学校や職場での時間は、数字に刻《きざ》まれたそれです。しかし、休憩時間や日曜日、それに夏休みには、時計を忘れた「時間」が流れます。俳句の「時間」とは、まさにそういうものです。わざわざ旅をしなくても、ちょっとした合間に心の「旅」をすることができます。

今や人間は、「衛星」という名の人工の天体を、地球の周りに打ち上げ、それを基準にグローバルに時を刻む時代になりました。しかし、我々はそういう数字に支配される時間の中で暮らしていても、それだけで生きていくことはできません。時計が刻む時間感覚だけで生きていく「ひずみ」を癒《いや》す、めぐりくる「月日」や、新しい「年」が来ては古い年が過ぎ去ってゆく感覚、あるいは「友」として折々《おりおり》の「生」の情感に共鳴してくれる、まるで絵や写真付きの日記の素材のような存在がもたらす「時間」、それこそが「季語」の「心」だったわけです。

▼井上泰至

▼参考文献
東聖子『蕉風俳諧における〈季語・季題〉の研究』（明治書院、二〇〇三年）
西村睦子『「正月」のない歳時記―虚子が作った近代季語の枠組み』（本阿弥書店、二〇〇九年）

第2章◉【定型・字余り】ていけい・じあまり

なぜ俳句は
五七五なのでしょう?

俳句は五・七・五

「俳句の基本は」と何人かに尋ねてみたところ、概《おおむ》ね〝季語をもつ十七字の詩〟という答えが返ってきました。正確には「十七字」ではなく「十七音」ですが、実作の経験がないひとにも、俳句は定型詩として認識されているといえるでしょう。

では、つぎを読んでみてください。

昨日から子猫の姿が見えない

これは俳句でしょうか。「子猫」という季語があり、確かに十七音ですが、俳句と考えるひとはいないと思います。

昨日より姿を見せぬ子猫かな

これはどうでしょう。内容は同じですが、あきらかに俳句らしい印象を与えます。使っている言葉は多少異なるにしても、最も大きな違いはどこにあるのでしょうか。それは、単なる十七音ではなく、五・七・五の韻律をもっているというところにあるのです。韻律はリズムと言い換えても構いません。五・七・五のリズムに合わせて読めるかどうか、これが俳句であることの基本条件です。

ところで、新聞などに俳句が紹介されるとき、

昨日より　姿を見せぬ　子猫かな

のように、五・七・五の間があけられているのを見かけます。五・七・五ということは理解されているようですが、それぞれを切って読むものと思われているのかもしれません。俳句の五・七・五は、三三七拍子のように、三つに分断されるわけではないのです。

五・七・五というリズム

誤解を招きやすいのは、現代人にもよく知られている、つぎのような句があるからです。

目には青葉山ほととぎす初松魚《はつがつを》　山口《やまぐち》素堂《そどう》

青葉、杜鵑《ほととぎす》、初鰹《はつがつお》と、別々のものを提示しているかのようですが、そうではありません。この句には「かまくらにて」の前書があります。江戸時代に鰹で有名だった鎌倉で、初鰹とともに青葉と杜鵑という初夏の風物を並べて称賛しているのです。三者は並列関係にあり、列挙することで全体がひとつにまとまっています。

五・七・五の各部分は「上五《かみご》」「中七《なかしち》」「下五《しもご》」と呼びますが、それぞれがばらばらでは一句

にならないため、「三段切れ」といって嫌います。十七音は、「上五＋中七・下五」（5＋12）あるいは「上五・中七＋下五」（12＋5）のように、二つの部分から成るのが基本です。

玫瑰《はまなす》や今も沖には未来あり　中村草田男《なかむらくさたお》
滝落ちて群青《ぐんじょう》世界とどろけり　水原秋桜子《みずはらしゅうおうし》
鰯雲《いわしぐも》人に告ぐべきことならず　加藤楸邨《かとうしゅうそん》

この三句は上五で切れ、中七・下五の十二音がつながっている5＋12の例です。

愁ひつつ岡にのぼれば花いばら　与謝蕪村
三千の俳句を閲《けみ》し柿二つ　正岡子規
引いてやる子の手のぬくき朧《おぼろ》かな　中村汀女《なかむらていじょ》

こちらは、中七と下五の間で切れるので、12＋5になっています。
どちらも、リズムの切れが同時に意味の切れでもありますが、リズムの切れは必ずしも意味の切れと一致するわけではありません。

花衣《はなごろも》ぬぐやまつはる紐《ひも》いろいろ　杉田久女《すぎたひさじょ》

曼珠沙華《まんじゅしゃげ》抱くほどとれど母恋し 中村汀女

子にみやげなき秋の夜の肩ぐるま 能村登四郎《のむらとしろう》

この三句は、いずれも上五のあとで切って読むのが自然ですが、意味的には一句目は「花衣ぬぐや」、二句目は「曼珠沙華抱くほどとれど」、三句目は「子にみやげなき」までが一続きです。このまま、意味の切れに従って読むとどうなるでしょうか。

花衣ぬぐや／まつはる紐いろいろ
曼珠沙華抱くほどとれど／母恋し
子にみやげなき／秋の夜の肩ぐるま

斜線の部分で切断されると、もはや俳句らしいリズムは感じられなくなります。俳句で優先されるのは、意味よりもまず五・七・五のリズムであることが分かります。

いくたびも雪の深さを尋ねけり 正岡子規

ピストルがプールの硬き面《も》にひびき 山口誓子《やまぐちせいし》

鮟鱇《あんかう》の骨まで凍《い》ててぶちきらる 加藤楸邨

ここに挙げたのは、途中に意味の切れ目のない俳句です。とりわけ誓子の句は、散文的ともいえる叙法になっていいます。しかしながら、これらも自然に読めば上五で軽く休止するはずで、俳句的なリズムになります。

五・七・五を成り立たせているもの

俳句がなぜ五・七・五の十七音であるかは、その成り立ちにかかわっています。歴史をたどれば、俳諧連歌の発句の「五・七・五」が独立したものということになりますが、江戸時代から発句は独立した形式として詠まれていました（第7章参照）。俳諧連歌以前の連歌、和歌は七五調、五七調によって成り立っているといってもよいでしょう。五音、七音は定型のリズムに乗りやすいのです。

さて、日本語の単語は二音と一音の組合せでできているところに特徴があります。「はる」「なつ」「あめ」「そら」などは二音であり、「からだ」「あるく」などの三音のことばは「から・だ」「ある・く」と二音と一音からできています。「さみだれ」は「さみ・だれ」と二音ずつに分かれ、五音のことばは2＋2＋1となります。これは音楽のリズムで説明できます。二音は八分音符二つ♫であり、一拍（四分音符一つ♩）に相当します。この二音がことばの最少単位であり、一音の場合は八分休符一つを伴って一拍になります。それを俳句で確かめてみましょう。

五月雨《さみだれ》をあつめて早し最上川　　松尾芭蕉

さみ　だれ　を𝄾　𝄽／あつ　めて　はや　し𝄾／もが　みが　わ𝄾　𝄽／

（𝄾は八分休符、𝄽は四分休符、）

俳句は、四分の四拍子三小節に収まります。ここで注目したいのは、五音と七音はどちらも一小節、つまり四拍の同じ時間で読まれるということです。つまり、五音の部分は休止符が多くなります。四拍子を特徴づけているのは休止の時間といってもよいのです。五月雨の句は基本のパターンですが、もう一句見てみましょう。

古池や蛙《かはづ》飛びこむ水の音《おと》　松尾芭蕉

これを基本のパターンに当てはめると——

ふる　いけ　や𝄾　𝄽／かわ　ずと　びこ　む𝄾／みず　のお　と𝄾　𝄽／

となりますが、中七の部分が不自然であることにすぐ気がつくはずです。

ふる　いけ　や𝄾　𝄽／かわ　ず𝄾　とび　こむ　／みず　のお　と𝄾　𝄽／

のように「かわ・ず」は三音の原則にしたがって休止符を補うべきと考えるひとがいるかもしれませんが、このように読まれることはありません。ふつうに読めばつぎのようになるのです。

ふる　いけ　や𝄾　𝄽／𝄾か　わず　とび　こむ／みず　のお　と𝄾　𝄽／

「かわ・ず」と二音＋一音だったはずの「蛙」が、「か・わず」になっています。これは五・七・五の定型のリズムから生じたもので、定型は、ことばの基本構造をも変えてしまう優位性をもっているということなのです。

つぎに興味深い例を挙げます。

お月さまさへ泥田の水に
落ちて行く世の浮き沈み

これは、頼山陽《らいさんよう》作といわれる都都逸《どどいつ》です。都都逸は七・七・七・五の二十六音でできており、四分の四拍子四小節になりますが、どう歌われるかといいますと――

𝄾お　つき　さま　さえ／どろ　たの　みず　に𝄾／
𝄾お　ちて　ゆく　よの／うき　しず　み𝄾　𝄽／

となり、最初と三節目の七音の前に八分休符があるのが分かります。どんな都都逸も頭に必ずこの半拍の休止が入ります。これが都都逸の調子を決定しているのです。休符によって生みだされる反復リズムは、定型の重要な要素といえます。

字余り

俳句の定型が四分の四拍子の五・七・五であることは分かりました。ところで、歳時記の例句に選ばれているような句でも、五・七・五に収まっていないものが少なくありません。これは定型といえるのでしょうか。

白牡丹《はくぼたん》といふといへども紅《こう》ほのか　高浜虚子
つばめつばめ泥が好きなる燕かな　細見綾子《ほそみあやこ》
伊豆の海や紅梅の上に波ながれ　水原秋桜子

それぞれ、声に出して読んでみてください。一句目は「はくぼたんと」の部分を速く読んでいないでしょうか。二句目も「つばめつばめ」を一息に読んでいるはずです。その結果、上五が引き延ばされているという印象は与えません。一句目は撥音《はつおん》の「ん」が短く発音されることにも関係があり、二句目は同じことばの繰り返しであるリフレインの調子の良さが字余りを感じさせない効果があるといえます。

三句目は上五がたっぷり六音です。五音の名詞に「や」を加えて字余りにするというのは稀な例ですが、この句には背景となっている歌があります。

箱根路をわれ越えくれば伊豆の海や沖の小島に波の寄る見ゆ (『金槐和歌集』雑・源実朝)

という『金槐《きんかい》和歌集』の有名な一首です。秋桜子の句は本歌取りといってもよいでしょう。誇張されたアングルといい、琳派《りんぱ》の屏風絵を思わせるような豪華な一句には、ゆったりとした字余りが意図的かつ効果的に用いられています。中七は「こうばいのうえに」と読めば八音ですが、「の上」は「のえ」と読むことも多いので、必ずしも字余りとはいえません。その古典的な叙法もまた上五の字余りに呼応しています。字余りは、表現効果を意識したレトリックの場合もあるのです。

芭蕉野分《のわき》して盥《たらひ》に雨を聞く夜哉 松尾芭蕉

この句は「芭蕉野分して」までが上五です。芭蕉には意図的な字余りの句がほかにもありますが、上五が八音というのはそう多くはありません。しかしながら声に出して読んでみると、たたみかけるようなしらべに独特の趣が感じられます。

では、字余りはどこまで許されるのでしょうか。ひとつの目安になるのが、先に述べた四分の四拍子三小節ということです。一拍に二音を当てはめると一小節は八音、全体では二十四音になります。「ばしょうのわきして」が定型を逸脱していると感じられないのは、上五の部分がこの八音に収まっているからといえます。

つぎの句はどうでしょうか。

凡《およ》そ天下に去来《きょらい》程の小さき墓に参りけり　高浜虚子

二十五音もある長い句です。二十四音のリミットを超えているばかりでなく、どこまでが上五でどこまでが中七かも判然としません。これをほかでもない、伝統俳句の現代の祖ともいえる高浜虚子が作ったというところに、定型を考えるうえでの大きなヒントがあると思われます。

この句をリズム譜に表せばつぎのようになります。

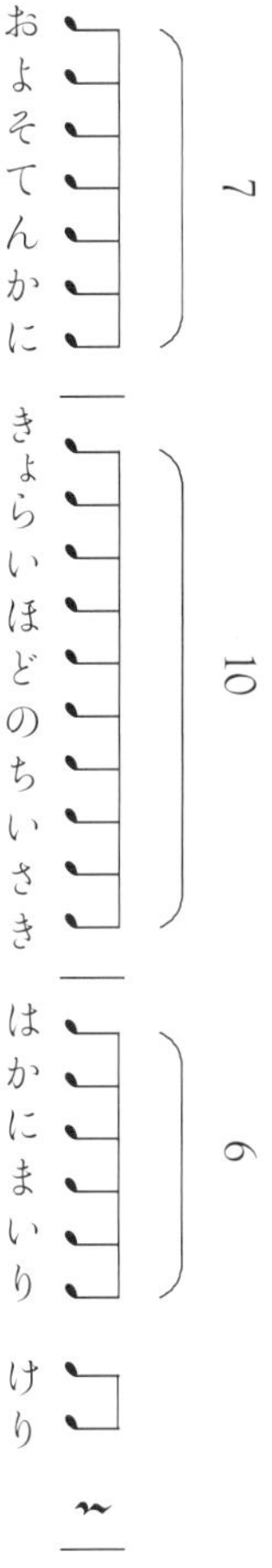

上五は、通常四拍八音の部分に七音のみ。これは音楽では連符といい、偶数であるべきところが均等な奇数に分割されます。一拍が半分ではなく三分割される三連符は馴染みがあると思いますが、実際の音楽では七連符、九連符なども珍しくありません。ショパンの有名なピアノ曲である遺作のノクターン変ハ長調（四分の四拍子）の最後の部分は、十八連符、三十五連符、十三連符、十一連符が各小節にちりばめられ聴かせどころとなっています。いずれも二拍分のところに十八、三十五……と細かな音が入るのです。つまり、音がたくさんあれば速く弾くことになります。ことばも同様に、音数が多ければ速く言うことによって、字余りは何音でも可能といえます。ただし、ピアノの場合は指がまわりさえすれば何音でも可能ですが、俳句は声に出して読む限界があります。

字余りは、文字通り余ってはみ出すという印象を与えますが、実際には圧縮されるのです。長いフレーズは速く言う、そのことに尽きます。もちろん、字余りといっても五・七・五の基本リズムを踏まえていなければ自由律と同じになってしまいます。虚子がこの句を発表したのは、定型の範囲内であると判断したからにほかなりません。虚子の頭の中にはうねるような五・七・五があったのではないでしょうか。

さて、つぎの句を読んでみましょう。

湾曲し火傷し爆心地のマラソン　　金子《かねこ》兜太《とうた》

わんきょくしかしょうし／ばくしんちのマラソン

全体は十九音であり、五・七・五のリズムに収まっていないと感じられるかもしれません。では、つぎの十七音の定型の句と比較してみてください。

鞦韆《しゅうせん》は漕《こ》ぐべし愛は奪ふべし　三橋鷹女《みつはしたかじょ》

声に出してみると、ほとんどリズムに違いがないことが分かります。一見自由に作られているような兜太俳句も、五・七・五の基本のリズムに乗っているのです。

字足らず

字余りの句の多さに比べると、字足らずの句は極めて少ないことに気づきます。

虹が出るああ鼻先に軍艦　秋元不死男《あきもとふじお》
兎も片耳垂るる大暑かな　芥川龍之介《あくたがわりゅうのすけ》

不死男の句にはリズムは感じられるものの、中途半端な終わり方であることは否めません。龍之介の句は、字足らずの例としてよく挙げられますが、五音、七音のリズムに乗らないため、落ち着きの悪さを感じさせます。

つぎの句のように、字足らずをレトリックとして用いているのは珍しいことといえるでしょう。

「ま」などと間をおき涅槃絵解僧　鷹羽狩行《たかはしゅぎょう》

このまま「まなどとまをおきねはんえときそう」と読んでもなぜか字足らずの感じは受けません。それは「ま」の括弧に仕掛けがあるからです。括弧内は絵解きをしている僧のことばであることを示しており、これがないと意味が通じません。「ま」は一瞬、なんだろうと思わせますが、すぐにつづく「間をおき」が目に入り、読者は無意識に「ま、などと間をおき」と読点があるかのように読んでしまいます。すると、四音であるはずの上五が五音になるという仕掛けの句なのです。

作者がどこまで意図したかは不明ですが、字足らずが必ずしも成功しないとはいえないのです。

定型と破調

最後に定型と破調の違いについて述べておきます。虚子の長い句が破調でないとしたら、破調とはどのような俳句をさすのでしょうか。

わがからだ焚火にうらおもてあぶる　尾崎放哉《おざきほうさい》

山口誓子はこの句について、十七音ではあるが「われわれの俳句」ではないといっています。誓子の考える「われわれの俳句」つまり定型とは、つぎのようなリズムの句です。

わがからだ焚火にあぶるうらおもて

両者は五・七・五の基本リズムに乗っているかどうかの違いがあります。

海くれて鴨の声ほのかに白し　松尾芭蕉

この句はどうでしょうか。定型ではないと感じるひとがいるかもしれません。これが――

海暮れてほのかに白し鴨の声

だったらどうでしょうか。きっちりと五・七・五に収まっていますが、本来の句のたゆたうような味わいは失われてしまいます。

うみ　くれ　て𝄾　𝄽／　𝄾か　もの　こえ　ほの／かに　しろ　し𝄾　𝄽／

中七から下五にかけて「ほのかに」が分断されることによって生ずる緊張感がこの句のクライマックスになっています。このように上五から中七へ、あるいは中七から下五へ、ことばがまたがるのを「句またがり」といいます。和歌以来のレトリックのひとつですが、破調とは違い、五・七・五のリズムの中で独特の表現効果を発揮するのです。

五・七・五は単調でも窮屈でもありません。定型であるがゆえの豊かな表現を可能にしているということができます。

▼片山由美子

▼参考文献

川元皓嗣『日本詩歌の伝統―七と五の詩学―』（岩波書店、一九九一年）

別宮貞徳『日本語のリズム―四拍子文化論』（講談社、一九七七年）

松林尚志『日本の韻律　五音と七音の詩学』（花神社、一九九六年）

第3章◉【省略・連想】しょうりゃく・れんそう

短い俳句は
何を省略すれば効果的なのでしょう？

省略――想像の翼を広げるために

俳句になぜ省略が必要なのかと問われれば、省略することによって、読者の想像力を広げるということでしょうか。俳句は短い。あれも言いたいこれも言いたいと縷々《るる》一句に盛り込みたいと思うでしょうが、逆に、スパッと省略することによって、読み手の想像力が広がるのです。

俳句の実作においては、とくに初学のうちには、「うれしい」「悲しい」「楽しい」などの直接的な感情表現、あるいは結論は言わない(省略する)ほうがよいでしょう。言ってしまうと、余韻《よいん》をのこすことなく、そこで終わってしまうのです。つまり、「嬉しかったんだね」「悲しかったのね」――と、読者にはそれ以上の広がりは生まれません。そうではなく、結論を言わず、究極まで我慢したところに作者の思いが滲《にじ》み出るのです。

蟬時雨《しぐれ》子は担送車《たんそうしゃ》に追ひつけず　石橋秀野《いしばしひでの》

作者の石橋秀野は結核と腎臓病を患《わずら》っていました。提出句は病状が悪化したのでしょうか。ガラガラと音を立てて担送車で運ばれているのです。担送車のスピードは速く、子供は泣きながら縋《すが》って走っても追いつけない。しかし、急を要する担送車は容赦なくスピードを上げていくのです。

胸を突かれるような場面です。担送車で運ばれていく作者は、泣き叫びつつ自分を追いかけてくる子供の声を聞きながら、胸が張り裂けそうだったに違いありません。

今生《こんじょう》の汗が消えゆくお母さん　古賀まり子

古賀まり子もまた、結核を発病し、長い療養生活を送っておりました。病弱な作者にとって、母はどれほど心強く大きな存在であったことでしょう。母の最期に命の証《あかし》ともいえる汗が母から消えていく——心の底から「お母さん！」と呼ぶ作者の慟哭《どうこく》が響きます。

ここで注目したいのは、ご紹介した悲しみの極みの句には、いずれも「悲しい」という言葉は使われていません。しかしながら、それを言わずに感情を押さえて詠むことで逆に悲しみが増幅して伝わるのです。押さえた表現によって、受け取る側の思いも重なるからです。

省略は日本の伝統芸能にも見られる

俳句における省略が本章のテーマですが、省略は、他の日本の伝統芸術にも大きく係わっています。

たとえば茶道。浄められた、無駄のない空間だからこそ、一つ一つのものが際立つのです。床の間にかけられた掛物《かけもの》、花——。余白があるから存在感が増すのです。

能や狂言も同様です。装置を最小限に抑えた舞台で演じることで、演じる側も、観る側も、精神性が深められるのです。また、省略により生まれる「間」によって、がらりと違った場面転換がはかれるでしょう。この「間」という感覚は、俳句における「切れ」にも通じます。日本の伝統音楽にも、削ぎ落とされた精神と「間」が感じられるでしょう。鼓の間合い、横笛の息遣い、これらの「間」は、一瞬時間を堰《せ》き止め、宇宙的なエネルギーとなるのです。
では、俳句における省略の具体的な側面について述べていきましょう。

短い俳句に「説明」は要らない

作者の心情をストレートに説明するのは、俳句にはあまり似つかわしくないようです。事柄を述懐してしまうと、多くの場合失敗してしまいます。俳句は「もの」で語ることが大事といわれるのもそれゆえです。「もので語る」という手法は、教科書によく出てくる山口誓子の句に多く見られます。

つきぬけて天上の紺曼珠沙華《まんじゅしゃげ》　山口誓子

「天上の紺」とは、高く澄み渡った濃い空の青。その空へ向かって曼珠沙華《まんじゅしゃげ》が真っ直ぐ突き抜けていくイメージです。深い青空と真っ赤な曼珠沙華とのコントラストの見事な句です。しかしながらこの句は、「紺色の空へ曼珠沙華の赤し」と、「赤」をことさら述べてはいません。曼珠沙華が真っ赤であることは自明の理、言わずもがなのことなのです。

一輪の花となりたる揚花火《あげはなび》

山口誓子

打ち上げた花火がはるかな空で開き、大きな「一輪の花」として頭上を華やかに彩っているのです。まるでストップモーションの画像を見るかのようです。音にやや遅れて次々に開く花火は、どんなに美しかったことでしょう。しかしここでも綺麗な花火を「美し」と説明はせず、「一輪の花」と象徴的に表現し、煌《きら》びやかな花火の美しさを表しているのです。

一点に焦点を絞り、あとは潔く捨てる

俳句は五感をはたらかせて作りますが、短い詩型のなかに要素を二つ以上を盛り込むより、視覚なら視覚、聴覚なら聴覚と焦点を絞り、あとは省略したほうが、イメージが鮮明になります。

万緑《ばんりょく》の中や吾子《あこ》の歯生え初《そ》むる

中村草田男

中村草田男の代表句の一つ。「万緑」は中国の詩人・王安石《おうあんせき》の詩句「万緑叢中紅一点《ばんりょくそうちゅうこういってん》」に由来する言葉で、この句をもって「万緑」は季語として定着しました。季語はこうして、優れた句をもって加わることもあるのです。

はじめて生えたわが子の白い歯の耀き。生命《いのち》あふれる樹々を背景にわが子の笑みはこぼれ

んばかりです。緑と白との対比が鮮やかな躍動感ある一句です。あえて「白」と述べずとも、「白」は読者の心の中で、生き生きと立ち現れています。

俳句はこのように、視覚に焦点を当てた名句がたくさんあります。

菜の花や月は東に日は西に　与謝蕪村

画家でもあった蕪村らしい絵画的な句。一面の菜の花畑のなかで、太陽は西へ落ちかかり、反対側の東には月が出ています。太陽が真西に沈み月が真東から上がってくるのは満月のとき。太陽と月を同時に詠んでおり、天体的な宇宙感覚をもつ一句です。

この句には、月・太陽・菜の花以外のものは一切省略されています。これから上る月、沈む太陽、今ここにいる自分――。過去・現在・未来を表しているようでもあります。

五月雨《さみだれ》や大河を前に家二軒　与謝蕪村

同じく蕪村の句。梅雨によって増水した川岸にある二軒の家。ごうごうと音を立てて流れる大河に、家はもう巻き込まれてしまいそうです。危ない！　思わず「危うし」という言葉がよぎります。しかしその言葉は出さず、情景のみを提示しているのです。

増水する大河と家二軒だけに焦点を絞り、他の一切を省略しています。その結果、映像が時間を超えて、現在の私たちにまで押し寄せてくるのです。

閑《しづか》さや岩にしみ入る蝉の声　松尾芭蕉

芭蕉の代表句の一つですが、この句の初案は上五が「山寺や」であったといわれています。

山寺や岩にしみつく蝉の声

いかがでしょうか。「山寺や」とした場合、まず、「山寺」という映像が読み手の心に現れてきます。その結果、次のフレーズの「岩」へとなかなか気持ちが移れません。

この句は「蝉の声」がポイントです。作者は詩情を「蝉の声」に収斂《しゅうれん》させたいにもかかわらず、読者には「山寺」の映像が大きく立ちはだかります。読者は山寺と蝉の声がしみ入る岩との位置関係が摑《つか》めずに、混乱してしまうのです。そこで、芭蕉は「山寺」という視覚的要素を外し、聴覚のみに絞ったのです。

もう一つ、聴覚に焦点を当てた有名な句を見てみましょう。

古池や蛙《かはづ》飛びこむ水の音《おと》　松尾芭蕉

俳句といえば誰しも思い浮かぶ有名な句で、海外でも「フロッグポンド」として知られています。飛びこむ蛙が一匹か複数かなど諸説はありますが、一般的な解釈は単数で、一匹の蛙が「ポチャン」と飛びこんで、その後に再び広がる静けさを表しているとされています。一度静寂を破ることで、かえってその後の静寂が際立つのです。

この句は「聴覚」に焦点を絞って詠んでいます。この場合の「古池」は先に掲げた「山寺」のような存在感はありません。「古池」というやや抽象的なものを背景に置いて、聴覚をはたらかせます。

当たり前すぎる形容詞や動詞を再点検する

「結果」や「結論」を言わない重要性についてはすでに述べました。短い詩型を鋼《はがね》のように靱《つよ》くするには、さらに常套《じょうとう》的な言い回しがないかチェックすることが肝要です。たとえばコスモスが揺れる、星が光る、鈴が鳴る、赤い林檎、白い雪といったような当たり前な表現はみな常套的といってよいでしょう。

コスモスというだけで、可憐で、はかなくて、風に揺れるというイメージを含んでいるのです。それがコスモスの「本意」なのです。ですから、「可憐なコスモス」「はかないコスモス」というと、屋上屋《おくじょうおく》を重ねることになってしまいます。

逆に、こうした光る、鳴る、赤いを言わずとも、星の耀きや林檎の赤さが読者に鮮やかに伝わるようでなければなりません。

鳴り出づるごとく出揃《そろ》ひ寒《かん》の星　鷹羽狩行

「光る」「耀く」と言わずとも、いえ、言う以上に、全天から降り注ぐ凍星の瞬きが感じられるのではないでしょうか。

❀「理由」や「経過」は述べなくていい

自分の句の内容がきちんと伝わるかどうか、とかく心配になり、ついつい説明を加えたくなるのは分かります。しかし、俳句には「理由」や「経過」は必要ないのです。こういうことが起こったからこうなった、と、原因や結果を丁寧に示したくなりますが、次のような作品は「原因・結果的」、または「説明的」と呼ばれ、避けるべきものとされています。例を見てみましょう。

バス降りて金木犀《きんもくせい》の香り嗅ぐ
日が差してきて夏帽《なつぼう》を被《かぶ》りけり
亡き妻に捧げるための菊を買ふ

一句目。バスを降りたら金木犀の香りがした、という、まさに「原因・結果的」です。二句目も、日が差してきたから夏帽子をかぶったと、これもまた「原因・結果的」な句の典型です。三句目は、亡き妻に捧げるため菊を買うという、こちらも「説明的」な句です。分からない人に分かってもらおうとすると、どうしても余計な説明をして冗漫《じょうまん》になってしまいます。読者を信じ、一瞬を詠みましょう。

ピストルがプールの硬き面《も》に響き　山口誓子

この句も多くの教科書に掲載されている句です。競泳の際のスタートのピストルがパーンと鳴って、いっせいに泳者が飛び込む場面が表されています。この句は「プールの表面にピストルの音が響いた」瞬間だけを切り取っています。ピストルを手にする人も、泳者も、プール・サイドにいる観衆も、鮮やかに省略されているのです。

雪はげし抱《だ》かれて息のつまりしこと　橋本多佳子《はしもとたかこ》

雪が降りしきるなか、息がつまるほど強く抱きしめられたのです。映画のワン・シーンのようでもあります。「抱かれて息のつまりしこと」と、過去を回想するかたちで詠んでいますが、抱きすくめられた一瞬は永遠になるのです。橋本多佳子は明治三十二年の生まれですが、現代に生きるわれわれにも、なんら色褪《あ》せることなく迫ってくるのです。

こういう省略をしてはならない

ここで、初心者が陥りやすい誤った省略のしかたを見てみましょう。五七五の定型に収めようと苦心するあまり（これは大切なことですが）、固有名詞などを勝手に縮めてしまったり、自分だけ理解できる形に省いてしまうのは禁じ手です。

俳句的な表現には、たとえば「晴着の子（晴れ着を着ている子）」、「スキーの子」（スキーをしている子）という表現がありますが、「ビールの娘」という表現には無理があります。これは、球場でビールを売っている売り子なのか、ビヤホールでビールを注いでいる子なのか、ビールを飲んでいる子なのか分かりません。

固有名詞を音律の都合だけで勝手に縮めるのも避けましょう。字余りになってしまったときには、その部分だけで考えるのではなく、全体を見直して推敲《すいこう》することです。俳句は、できれば十七音にすっきり収めたいものです。そのうえで、大切な言葉は無理なくのびやかに詠みたいものです。

連想を磨く……究極の省略

中年や遠く実れる夜の桃　西東三鬼《さいとうさんき》

「夜の桃」から読み手は中年を感じとります。作者は、中年の憧れと闇を昇華させて桃に、それも夜の桃に結実させたのでしょう。これが連想です。説明を排除してイメージを飛躍させることによってダイレクトに読み手に迫ることができるのです。もう一句。

去年《こぞ》今年貫く棒の如きもの　高浜虚子

この句に出会って驚愕《きょうがく》されたかたも多いことでしょう。「棒の如きもの」という連想の飛躍は説明を無用にしています。削って削ってという作業を一気に飛び越えていく。俳句の巨人にして初めてできることとも言えるでしょうが、詠みたいことを連想によって凝縮させることを日ごろから心がけることが、省略の先に求められています。

何を削り、何を残すか

たとえば月をイメージしてみましょう。私は、俳句という詩型は月の全貌を示すというより、半月の部分をしっかりと描き、残りの半分は読者が完成させるものなのではないか、と、思うようになりました。

俳句の成り立ちを考えてみても、俳句は俳諧の連歌の発句が独立し、五七五七七の七七が外れたかたちですから、失った七七の名残りが余白となっているのかもしれません。

アメリカの作曲家・ジョン・ケージは、『沈黙』という本の中で、音の鳴っていない部分に真の宇宙の音楽があると語っています。この「余白の音楽」こそ、俳句と音楽の通底《つうてい》するところでしょう。

「省略」というと、何を削るかという「削る」ことに心が向きがちですし、これまでもこの点について述べてきましたが、結局のところ、何が省略されたかということではなく、何が残され何が表現されているのかが重要なのです。詮じつめれば、自分は何を詠みたいのかというテーマを見つめ直すことにほかなりません。

▼浦川聡子

▼参考文献
新潮日本古典集成『芭蕉句集』（新潮社、一九八二年）
新潮日本古典集成『與謝蕪村集』（新潮社、一九七九年）
現代俳句の世界4『山口誓子集』（朝日新聞社、一九八四年）
現代俳句の世界6『中村草田男集』（朝日新聞社、一九八四年）
武満徹『音、沈黙と測りあえるほどに』（新潮社、一九七一年）

第４章◉

【切字・切れ】

きれじ・きれ

俳句にはなぜ
「切れ」があるのでしょう？

俳句を鑑賞する上で、もっともわかりにくいのは「切字」や「切れ」ではないかと思います。しかし、「切字」や「切れ」が存在することで、わずか十七音の小さな詩型に、雄大な風景や複雑な心情などを詠むことができるのです。

はじめに、「切字」や「切れ」がどのようにして誕生したのか、簡単に見ておきましょう。これには俳句が誕生した歴史的経緯が関係しています。「切字」という言葉を最初に用いたのは、中世の連歌師、宗祇《そうぎ》（一四二一〜一五〇二）です。連歌は和歌から生まれた形式で、五七五と七七の部分を別の人が詠みます。例えば、これを百回繰り返したものを百韻《ひゃくいん》と呼びます。その時、第一句目の「五七五」の部分は、続く「七七」と明瞭に切れて独立していなければならず、それを示すために「切字」が用いられました。俳諧は近世に庶民文芸として隆盛しますが、形式は連歌と同じです。やはり最初の一句に「切字」を使うことで、後に続く七七と切れていることを求めました。

俳句は、俳諧の第一句が独立したものです。江戸期にはこれを発句《ほっく》と呼んでいました。そこで、発句には「切字」が求められたのです（第7章参照）。この「切字」の代表的なものが「や」「かな」「けり」です。しかし、これら代表的な「切字」が使われていなくても、「切れ」が存在する句や、「切れ」のない句もあります。具体的に見てゆきましょう。

切字「や」のはたらき

この道や行く人なしに秋の暮れ　松尾芭蕉

この句が詠まれたのは元禄七年（一六九四）の九月二十六日。芭蕉は翌十月十二日に亡くなりますから最晩年の句といえます。この句には「所懐」という前書が付されていて、芭蕉の心情が述べられていることがわかります。「この道や」とまず一本の道を示し、「行く人なしに」と芭蕉一人が歩いている、孤独な景を描いています。季語は「秋の暮れ」ですから、たちまち日が落ちると長い夜が待っています。「この道」は芭蕉が生涯を賭けた俳諧の道です。作品としては晩秋の風景を描きながら、芭蕉は人生への感懐を込めているのです。寂寥《せきりょう》感に満ちた一句といえます。

このような複雑なことが表現できるのは、切字「や」を用いているからです。「や」は詠嘆の思いを込めて一句を切断しているのです。実はこの句の初案は〈この道を行く人なしに秋の暮れ〉でした。それを、推敲して「を」を「や」に改めたのです。「や」には切断の働きとともに、提示の働きがあります。この句の場合、「や」と切断していますが、以下に続く「行く人なしに秋の暮れ」は明かに「この道」のことを言っていますから、内容的には切れていません。「この道や」と提示しつつ切断したことで、果てしなく続く一本の道がイメージされるのです。

蛸壺《たこつぼ》やはかなき夢を夏の月　松尾芭蕉

荒海や佐渡に横たふ天の川

松尾芭蕉

これらの句も冒頭の句と同じように上五（俳句を五七五に分けたときの上の部分。同様に真ん中は中七、下は下五と呼ぶ）に切字「や」が置かれています。「蛸壺や」の句では、海中に沈められた「蛸壺」を、詠嘆の気持ちを込めて強く提示しつつ、句を切断しています。その「蛸壺」の中で、蛸はいずれは人間に食べられる運命にあることも知らず、「夏の月」に照らされつつ「はかなき夢」を見ながら眠っています。「夏の月」は夏の夜が短いことをも語っています。切字「や」が絶妙に働いて「蛸壺」を強くイメージさせていることがわかります。

それに対して、「荒海や」の句では、「や」が一句を強く切断しています。「荒海」と「佐渡に横たふ天の川」は別のものです。このように、無関係な二つのものを組み合わせる方法を「取り合わせ」とか「二物配合」などと言います。この句は「や」と切断することで、天と地が大きく広がり、真っ暗な夜の海に隔てられた佐渡に横たわっている「天の川」が幻想的です。

「や」の働きを整理しておきましょう。

「や」の働き→提示・詠嘆・切断（以下の部分と内容は切れていない）

A **蛸壺や**｜→／［軽い切断］ **はかなき夢を夏の月**　松尾芭蕉

→「や」の働き↓詠嘆・切断（以下の部分と内容が切れる）

Ｂ
荒海や｜［切断］／／佐渡に横たふ天の川　松尾芭蕉
五月雨《さみだれ》や大河を前に家二軒　与謝蕪村
麦秋《むぎあき》や子を負ひながら鰯《いはし》売り　小林一茶

どちらも上五の季語に「や」が付いた形です。蕪村の句の季語「五月雨」は梅雨期の雨のことで夏の季語です。陰暦《いんれき》の「五月《さつき》」は現在の暦では六月に当たります。この句は、梅雨期の降り続く雨と、増水した大河を前に、不安そうに肩を寄せ合っているような二軒の家を描いているのです。この「や」は「五月雨」を詠嘆をもって提示しつつ、内容的には以下の部分とつながっています。先ほどの分類ではＡと同じです

一茶の句の季語「麦秋」は夏の季語です。収穫期を迎えた麦畑が、一面焦げ茶色に広がっているのです。そんな季節に、子どもを負ぶった魚屋が鰯を売り歩いているのです。「麦秋」が一句の背景に広がって生活感のある句です。この句の場合は、「麦秋」と以下の内容は切断されています。「麦秋」と「子を負ひながら」の「鰯売り」が取り合わされているのです。したがって、「や」の働きはＢになります。

寒雷やびりりびりりと真夜《まよ》の玻璃《はり》　加藤楸邨

玫瑰《はまなす》や今も沖には未来あり　中村草田男

現代の俳句はどうでしょう。どちらも季語に「や」がついていますが、「寒雷」の句は冬の雷によって真夜中の硝子窓が「びりりびりり」と響いているのですから、「や」の働きはA。「玫瑰」の句は、若き日の自分が沖に未来を夢想したように、今も遠くに夢や希望を抱いていることを詠んでいます。そんな海辺に「玫瑰」が咲いているのです。したがって「や」の働きはB。「玫瑰」と以下の内容が取り合わされているのです。

「や」はこのように多くの場合上五に付きますが、次のように中七に置かれる場合もあります。

斧入れて香に驚くや冬木立　与謝蕪村

この句は〈中七に「や」＋下五に季語〉という形です。枯木だと思って「斧」を入れると、思いがけず木に香りがあって木の命に触れた驚きを詠んでいるのです。「切字」は使っていますが、一句の内容は切れていません。

万緑《ばんりょく》の中や［切断］／／吾子《あご》の歯生え初むる

中村草田男

現代の俳句です。この句は「万緑の中や」と一気に読んで、「や」でしっかり切断していますす。夏木立の緑に囲まれる中で、幼子を抱き上げたとき、小さな歯が生え始めていることに気が付いたのです。「万緑」の大自然と緑、そして小さな命を象徴するような「歯」の白と、一句全体が対比によって詠まれています。「や」が強い切れを作り出すことで、このような世界を表現することができたのです。

切字「かな」のはたらき

梅が香にのつと日の出る山路かな

松尾芭蕉

早春、梅の香が漂う山路を歩いていると、行く手の山頂から突然ぬっと太陽が昇ったのです。この句の面白さは、「のつと」という俗語を生かした点にあります。「梅」が馥郁《ふくいく》と香る典雅な世界と、俗語を組み合わせています。芭蕉は次々新しい表現世界を開拓しましたが、晩年は「軽み」を目指していました。この句は、そうした芭蕉の新境地を拓く句で、切字「かな」を使って「山路であることよ」と、一句全体を感動的にまとめています。

本来「かな」は俳諧において、第一句の五七五が次に続く七七と切れていることを明瞭に示すために使われたことは最初に述べました。この句も、俳諧の第一句として詠まれたので、「かな」を使っているのですが、独立した一句として詠む場合も「かな」が用いられました。次の句にも「かな」が用いられています。

芭蕉野分してたらひに雨を聞く夜かな　松尾芭蕉
野ざらしを心に風のしむ身かな　同
病雁《かり》の夜寒に落ちて旅寝かな　同
おもしろうてやがてかなしき鵜舟《うぶね》かな　同

前から順に「(聞く)夜＋かな」「(風のしむ)身＋かな」「旅寝＋かな」「鵜舟＋かな」と、「かな」は名詞に付いていることがわかります。最後の句は長良川で鵜飼《うかい》を見たときの句です。夜の長良川に「鵜舟」が浮かべられ、「鵜」たちは篝火《かがりび》に照らされた川に潜っては鮎を捕るのです。夏の風物詩ともいえる、鵜匠と鮎の織りなす饗宴ですが、鵜は火の粉を被《かぶ》り、捕った鮎は鵜匠によって吐き出さされます。面白い、と眺めていた鵜飼がだんだん哀しいものに思えてきたのです。そんな心情を「かな」によって表現しているのです。

鳥羽殿《とばどの》へ五六騎いそぐ野分《のわき》かな　与謝蕪村
いうぜんとして山を見る蛙《かはづ》かな　小林一茶

雪とけて村一ぱいの子どもかな　同
金亀子《こがねむし》抛《なげう》つ闇の深さかな　高浜虚子
遠山に日の当りたる枯野かな　同

これらの句も同様の形です。鑑賞するときは「かな」の部分を「〜であることよ」と表現することが多いのですが、一句一句、作者の表現したい内容を深く受け止めています。

切字「けり」のはたらき

白梅に明くる夜ばかりとなりにけり　与謝蕪村
心から信濃《しなの》の雪に降られけり　小林一茶
涼風の曲りくねつて来たりけり　同

これらの句はいずれも句末に「けり」が置かれています。蕪村の句は、動詞「なり」＋助動詞「に」＋切字「けり」の形。一茶の句「心から」の句は動詞「降ら」＋助動詞「れ」＋切字「けり」、そして「涼風の」の句は、動詞「来たり」＋切字「けり」の形です。

このように、切字「けり」は多くの場合、動詞や助動詞に続いて下五に置かれます。そして、詠嘆をもって一句を強く切断するという働きをしています。これらの句を音読するとわかるように、「けり」があることで句に格調の高い調べが生まれます（第6章参照）。

次の現代俳句にも「けり」が用いられていますが、働きは同様です。

いくたびも雪の深さを尋ねけり　正岡子規

冬蜂の死にどころなく歩きけり　村上鬼城《むらかみきじょう》

しかし、次の句のように「けり」が中七に置かれる場合もあります。

枯れ枝に鳥のとまりけり秋の暮れ　松尾芭蕉

また、次の句では動詞「通り」＋切字「けり」の形をとっていますが、「月天心」の後にも軽い「切れ」があります。「月天心」は月が中天に上ることでこの月は十五夜です。澄んだ月光が、貧しい庶民生活を隈無《くまな》く照らし出しているのです。天上の恵みのような月光です。そんな町を「通りけり」と詠嘆をもって詠んでいるのです。

月天心［軽い切れ］／**貧しき町を通りけり**　与謝蕪村

→「けり」の働き↓詠嘆・切断

次の句は高浜虚子の代表作で、蕪村の句と同じ形です。季語は「桐一葉」で秋。大きな桐の葉が一枚、風に乗って落ちてくるところを詠んでいるのですが、「日当りながら」の描写によって、まるで、スローモーションカメラで捉えたように明瞭です。この句も切字「けり」によって詠嘆がもたらされると同時に風格が生まれ、切断によって一句が独立しています。

桐一葉［軽い切れ］／**日当りながら落ちにけり**　高浜虚子

→「けり」の働き↓詠嘆・切断

その他の「切字」

初しぐれ猿も小蓑《こみの》をほしげなり　松尾芭蕉

この句の季語は「初しぐれ」で冬。初冬の雨に蓑笠をつけて山路を行くと、雨に濡れた子猿がいて、「小蓑」が欲しいというように寒さに震えていたのです。この句には「や」「かな」「けり」は使われていませんが、下五の断定の助動詞「なり」が切字の働きをしています。また、「初しぐれ」の後にも軽い「切れ」があり、一句全体を「初しぐれ」が包み込んでいるような効果があります。

「なり」の働き→詠嘆・切断

初しぐれ［軽い切れ］**／猿も小蓑を欲しげなり**

牡丹散つてうち重なりぬ／二三片　与謝蕪村

かさねとは八《や》重《へ》撫子《なでしこ》の名なるべし　松尾芭蕉

柿食へば鐘が鳴るなり／法隆寺　正岡子規

滝落ちて群青《ぐんじょう》世界とどろけり　水原秋桜子

鮟鱇《あんかう》の骨まで凍ててぶちきらる　加藤楸邨

これがまあつひの栖《すみか》か／雪五尺　小林一茶

これらの句も助動詞「ぬ」（完了）・「べし」（推量）・「なり」（断定）・「り」（完了）・「る」（受身）の終止形、そして助詞「か」（疑問）が「切字」の役割を果たしています。しかし一句の内容は切れていません。ここでは詠嘆や感動を強める働きによって、一句を印象的にしているのです。

以下の内容とは切れている

芋《いも》の露 → ［名詞による切れ］／／ 連山影を正しうす　飯田蛇笏《いいだだこつ》

この句は「芋の露」が季語で晩秋の景を詠んでいます。よく晴れた秋の朝、芋（里芋）の葉にはきらきらと露がたまり、遠く山々は威儀《いぎ》を正しているように思えるのです。近景の「芋の露」ははかなく消え易いもの、一方、遠景の「連山」は悠久の姿を見せて見事な構成の一句です。「切字」はありませんが、名詞「芋の露」が「切字」の役割を果たしていて、以下の内容と強く切れているのです。いわゆる取り合わせの句です。

次の三句は同じように上五に名詞が置かれていて軽い切れがありますが、以下の内容とは切れていません。しかし、「切れ」があることで、上五に置いた「名詞」のインパクトが強いのです。

乳母車《うばぐるま》／夏の怒涛《どとう》によこむきに　橋本多佳子

手毬唄《てまりうた》／かなしきことをうつくしく　高浜虚子

水枕／ガバリと寒い海がある　西東三鬼

また、次の句は下五に置いた名詞「すみれ草」・「花いばら」、動詞「かけめぐる」の終止形が「切字」の役割を果たしています。いずれも、一句の内容は切れていません。

山路来て何やらゆかしすみれ草　松尾芭蕉
愁ひつつ岡にのぼれば花いばら　与謝蕪村
旅に病んで夢は枯れ野をかけめぐる　松尾芭蕉

痩蛙《やせがへる》負けるな／一茶是《これ》にあり　小林一茶

この句は「負けるな」と命令形にしたことで切れが生まれました。

ピストルがプールの硬き面《も》にひびき　山口誓子

水泳競技で「ピストル」が鳴った瞬間を捉えた句です。水面を「硬き面」と表現することで、選手達や競技会場の緊張感を見事に伝えています。ところで、この句には「切字」も「切れ」もありません。もし下五が「ひびく」だったら動詞の終止形ですから、「切字」として働きます。しかし、「ひびき」は連用形ですから「切れ」は生まれません。この句は、下五を連用形にすることで「ピストル」の音の残響、余韻を表現しているのです。

降る雪や／／明治は遠くなりにけり

中村草田男

この句には「や」「けり」と二つの「切字」が使われています。俳句は十七音しかないので、複数の「切れ」があると焦点が絞れず、まとまりがつかなくなります。したがって、二つの「切字」を同時に使うということは避けます。しかし、この句の「切字」は、降り続く「雪」への感慨が、「明治」という時代へのノスタルジーを呼び覚ます効果があって名句の誉れが高いのです。

俳句がわずか十七音で「詩」になりうるのは、「切字」や「切れ」という表現方法を生み出したからです。一句を切断することで、全く別のものを関係づけたり、飛躍することができます。また、複雑な内容を省略することも出来ます。さらに、詩としての格調を与えたり、音読したときの韻律をも生み出します。俳句が、最小にして無限の世界に開かれているのは、この「切字」・「切れ」という方法を編み出したことによるといっても過言ではありません。

▼井上弘美

▼参考文献
片山由美子『今日から俳句　はじめの一歩から上達まで』（NHK出版、二〇一二年）
小川軽舟『ここが知りたい俳句入門　俳句入門上達のための18か条』（角川学芸出版、二〇一四年）
岸本尚毅『俳句一問一答』（NHK出版、二〇〇五年）

第5章◉【句会】くかい

俳句はどうして集団で作り、
批評しあうのでしょう？

❀作者が読者と入りまじる文学

たとえば、ある文学賞の選考委員会で、候補作品にエントリーされている作家が選考委員として加わることがはたしてあり得るでしょうか。通常ではあり得ないでしょう。つまり、創作者である作家と享受者である読者が同席することは通常はあり得ないわけです。

ところが、俳句に関しては、そういうことがあり得るのです。国語科の授業で俳句を創作してクラスの優秀作品を選んだとき、創作者である自分も教室の一員としてその場にいて選定に加わった経験がある方もいらっしゃるでしょう。（さすがに自分の句を優秀作品には選ばないでしょうが――）まさに「句会」とはそういう場なのです。

ではなぜ俳句ではそうした場ができたのでしょう。

そもそも「俳句」という語は「俳諧連歌の発句」の「俳」と「句」からできているといえます。「俳（誹）諧連歌」とは、五七五七七からなる和歌（短歌）を五七五と七七とに分け、それぞれ別の人が前に続けて詠んでいく「連歌」という文芸のなかで、おもしろさやおかしみを重視して詠んだものを指します。そして、その一番初めの五七五は「発句」と呼ばれ、一連の句の冒頭であるためにとくに重要視されました。この俳諧連歌は「連句」とも呼ばれ、江戸時代になるとたいへんに流行します（第7章参照）。

この「連句」は長い場合には百韻《ひゃくいん》といって五七五と七七を百回も続けて詠みました。『おくのほそ道』の「旅立ち」にある「表八句を庵の柱にかけおく」というのは、まさにこの百韻の最初の八句のことを指しています。トランプなどのゲームを例として考えるとわかると思いますが、もしもその百韻をたった一人で詠んだとしたらおもしろいでしょうか。おそらくはあきてしまうでしょう。もちろん「独吟」と称する俳諧のプロ（俳諧師）が修練の意味もこめて一人で作るケースもありますが、多くは数名の人たち（連衆《れんじゅう》）が寄り集まって詠んだのです。こうしたあり方について、尾形仂《おがたつとむ》という俳諧研究の第一人者の先生は、

そもそも連句文芸には、連衆が寄り集まって創作と享受をともにし、一座の興を楽しむ〝座の文芸〟としての性格と、できあがった一巻の作品を懐紙に浄書し、もしくは撰集に載せて鑑賞し批評する〝書かれた文芸〟としての性格との、二元的な性格が付随している。

（『座の文学』角川書店、一九七三年）

と説明し、「座の文学」と名づけました。たとえば、茶道にも「一座建立」という語があるように、こうした考え方は日本の伝統文化ではめずらしくありません。
尾形先生も例にあげていますが、『おくのほそ道』のなかの有名な句である、

五月雨をあつめて早し最上川　松尾芭蕉

の句は、芭蕉が実際の旅の途中に大石田《おおいしだ》（現在の山形県北村山郡大石田町）の髙野一栄《たかのいちえい》の家でおこなわれた連句の席で詠まれたときには、

五月雨を集めて涼し最上川

となっていました。梅雨時の鬱陶《うっとう》しい季節のなかで、この家の座敷はなんと涼しいことでしょうと、主人である高野一栄へのもてなしぶりに対する芭蕉からの挨拶の句として詠まれたのです。連句が「一座」を重んじた典型的な例といえるでしょう、

このように創作者と享受者が同じグループであるということは、近代的な文学の感覚からすると、とても不思議な感じがすると思います。しかし、日本文学研究者の小西甚一《こにしじんいち》先生が、

平安時代以来、作る者と享受する者とがはっきり別である種類のわざは芸術にあらずとする意識が、根づよく存在した。もちろん、その反対は、芸術なのである。いまわたくしたちは、画や彫刻を芸術だと意識する。しかし、それらは、昔の人たちにとっては、けっして芸術ではなかった。それらは工芸品にすぎず、その作者たちは工（職人）なのである。……和歌も芸術であった。和歌を作る者が、同時に和歌を享受する人だからである。しかし、物語（小説）は、芸術ではない。なぜなら、自分で物語を作る者だけが物語を享受できるとは決まってないからである。その意味において、俳諧は、芸術であることができた。俳壇は、作者兼享受者である人たち——巧拙は別として——によって構成されたからである。……

ところが、俳句になると、すっかり逆である。俳句とは、正岡子規による革新以後のものをさすのだが、それは、かならずしも作者イコール享受者であることを要求しない。

（『俳句の世界』講談社学術文庫、一九九五年）

と指摘するように、わが国の芸術にたいする一つの考え方でもあったわけです。作者と読者を明確に分けて考える近代文学の考え方からすると、本来は、俳句を作る人がそれを鑑賞する人と時と場を共有しあう句会は、小西先生も述べているように、特異な存在になるのかもしれません。しかし、逆に考えると、それこそが俳句という文学の持つ大きな特徴の一つとも言えるのではないでしょうか。

句会のすすめ方

つぎに基本的な句会の進め方を見ていきましょう。

①投句
②清記《せいき》
③選句
④披講《ひこう》
⑤名のり

①投句とは、しめ切り時間までに自分の創作した句を句会に提出することです。その際の作品の作り方は、大きく分けて「題詠《だいえい》」と「雑詠《ざつえい》」に分けられます。

「題詠」とは句会に参加するメンバーに共通に与えられるテーマのことです。句会の前に与えられ句会までに作ってくるのを「兼題《けんだい》」（宿題ともいいますが――これはみなさんには嫌われる語句ですね）といい、句会の席上で与えられるのを「席題《せきだい》」といいます。「席題」の場合は句会の時間内で作句しなくてはなりません。通常は題は季語であたえられる場合が多いようです。また、その季語に近いテーマで詠んでもよしとする句会もあります。

「雑詠」とは自由な題で作ることで、句会の季節に合わせて作った句を「当季雑詠《とうきざつえい》」といいます。また、句会の会場で直接に目にふれたものを詠む「嘱目《しょくもく》（吟）」もあります。

よく学校で俳句は見たまま感じたままを詠むものだと言われるので、俳句の創作は句会の直前にササッと作ればいいと思っている人もいるかもしれませんが、よほど作句に慣れていないと、とっさに句は作れないものです。たかが一句の俳句でもそれなりの句を投句しようとすれば、素人であればあるほど、まさに一週間ぐらいの「宿題」になるはずなのです。

こうして作った句の中から、指定された句数（二・三句）を用意されている縦長の短冊形の紙に作者の名前は書かず（無記名）に一句ずつ書いて提出します。

②清記は、投句された全員の句を、順不同になるようによくまぜ、選句の際に目印となるように句ごとに番号をふり、大判の紙にあやまりなく読みやすい字で清書することをいい

ます。③選句は、清記した用紙をコピーするなどして全員で投句された句の全体を見て、その中から、決められた句数を互選《ごせん》することです。番号のみを口頭で言う場合もありますが、選んだ句を書いて提出することが多いようです。このときには選んだ人の名前は明記します。句会の指導者である選者がいて、選句して批評・指導する場合もありますが、その場合でも互選の最後に選者がとくに選句することが一般的です。

④披講とは、提出された選句を選者名とともに読みあげることです。それまで目で読んでいた俳句を、耳で聞くたいせつな機会でもあります。選者のいる場合には、その人の選句を最後に披講します。

⑤名乗りとは、披講された句の作者が名乗り出ることです。選句を読みあげられたあとで作者が自分であることを句会の参加者全員にわかるように言います。

✿句会の歴史的な変遷

句会がもともとは連句の会に由来することは先に述べました。連衆（俳諧を詠む仲間）が宗匠（俳諧のプロ）を招いて連句を進行させていったわけです。連句の付け句に関しては、この宗匠が最終的な決定権を持ちました。式目（俳諧のルール）を熟知している宗匠にたいして連衆はなかなか異議を唱えることはむずかしく、どうしても付け句は宗匠の嗜好《しこう》に左右されがちでありました。ただし、芭蕉は「文台引き下せば、すなはち反古なり」（『三冊子』）という言葉を残し、句会はそのときその場で参加した人たちの出会いこそが大切であり、句会を手段や目的とすることを戒めました。

宗匠中心の句会からの変化については、古館曹人『句会入門』（角川選書、一九八九年）でも紹介される蕪村の「取句法《しゅくほう》」には「句を選むの法」として、

席上にして各々其の志を曰ひ、討論を専らとす。他門を憚《はばか》るべからず。或は面諛《めんゆ》、或は屏息《へいそく》して、退て他を誹る者は再び出席を容さず。

（『蕪村全集』第四巻、講談社、一九九四年。原漢文）

（現代語訳）句会の席上ではそれぞれが句を詠んだ気持ちを語り、討論を専らにすべきである。他の俳人の門下であることを気にしてはいけない。無節操に同調したり、沈黙して中立を保とうとしたりしていたのに、句会が終わると他人の句を誹謗中傷するような者は、句会に二度と出席を認めない。

という一節があり、蕪村研究者の清登典子《きよとのりこ》先生も蕪村の句会の特色として指摘するように、参会者たちが句について互いによく議論するようになったのは、この頃からのようです（「蕪村一派句会の実態を探る」『文学』岩波書店、二〇一六年三・四月号）。

さらに、この方法が正岡子規にも影響したとの指摘もあります。明治二五年の暮れに伊藤《いとう》

松宇《しょうう》の椎の友句会に参加した子規は、宗匠を立てずに参会者が互選するという句会の方法に共鳴しました。

句の善し悪しをめぐって、公開したかたちで意見がかわされ、それが句の修練にもなるわけである。宗匠からの一方通行ではない、この句会の方式は、時間を要するから人数が少ないことが条件であるが、書生俳句としては、この方が適していた。宗匠と連衆に画然とした垣根があった江戸時代と異なり、子規は運座の捌き手であり、句作の方向性を先導する存在ではあったが、連衆の発言の機会は確保されており、そこに従来の宗匠俳句の権威を突き崩す機能を子規は見出していたに相違ない。

（井上泰至『子規の内なる江戸』角川学芸出版、二〇一一年）

この指摘のように、互選による句会の方式は、それまでの旧態の俳諧の体質をあらため、新たな文芸として生まれ変わらせようとした俳句革新運動の精神にまさにかなっていたのでしょう。子規は自分を「先生」と呼ぶことを禁じ、ひたすら参会者の句を聴いて、互選で得点の多い句でも疵や欠点があることなどについて、物静かに相手にヒントを与えるように批評する句会を楽しんでいたようです。

しかし、その後、俳句人口の増大とともに、主宰者（社会的に俳人として地位のある人）がいる句会が増え続け、初心者たちはどうしても自分の句の権威づけを誰かに求める傾向が強いため、一旦は子規たちによって排除された宗匠が主宰者という形になり、句会は再び討論の場でなくなってしまっているとも言われています。（『俳文学大辞典』角川学芸出版、二〇〇八年）

とくに初心者は句会での主宰者の評価に絶対的な権威を感じてしまいがちなものです。（テレビ番組などでも俳句のセンセーがタレントの作った句について批評し添削するシーンがよく見られますね。）そのことは俳句の「指導」や「添削」という語句にもよく現れています。学校における作文指導でも「添削」という語はしばしば耳にしますが、この場合も熟達していない生徒の作文を、権威ある熟練した国語教師が正しく直してあげるという意味合いが強く出ています。

また互選の句会は、ときに曖昧な評価基準による人気投票に陥ってしまう危険性も持っています。たとえば、「孫」を題材に詠んだ句は高得点になる場合が多いので、「孫句禁止令」のある句会もあるそうです。

このように参会者の俳句への知識や批評の意識が高くないと、主宰者につい「天の声」を求めてしまい、結局は第二の宗匠の出現という道を歩んでしまったというわけです。

句会の教育的な意義

フランス文学者で文芸評論家の桑原武夫《くわばらたけお》氏は昭和二一年に「第二芸術」（『世界』岩波書店、一九四六年十一月）という論文を発表し、俳句について批判しました。この論文では著名俳人の作品が無署名で示されると、一般の多くの読者にはその作品が秀作かどうかの識別が不可能であることを例にして、そのうえで俳句という文芸は、じつは作品そのものに評価があるのではなく、作者の著名さに評価が依存するところが大きい芸術であることを指摘しました。その点で俳句は芸術として「第二」だと言ったわけです。そして、その論文の最後では、

そこで、私の希望するところは、成年者が俳句をたしなむのはもとより自由として、国民学校、中等学校の教育からは、江戸音曲と同じように、俳諧的なものをしめ出してもらいたい、ということである。俳句の自然観察を何か自然科学への手引きのごとく考えている人もあるが、それは近代科学の性格を全く知らないからである。自然または人間社会にひそむ法則性のごときものを忘れ、これをただスナップ・ショット的にとらえんとする俳諧精神と今日の科学精神ほど背反するものはないのである。

とまで書いています。ただし、この桑原氏の主張は広く支持を得ることはなく、俳句は現在までも小学校・中学校・高等学校の国語科の授業でおこなわれ続けています。

一方で桑原氏にとっては幸運なことに、俳句の授業は創作ではなく「読むこと」の領域で主としておこなわれています。つまり、名句を鑑賞することが授業のメインになっているわけです。「季語」「切字」の理解も、俳句を「詠む」ためでなく「読む」ための知識として扱われていることは否めません。国語科の授業では俳句の作り方より鑑賞の仕方の習得に中心がおかれていることは、この本を読んでいる多くの皆さんの学校での俳句の学習経験からもよくわかるのではないでしょうか。

そのため、たとえ俳句の授業の最後に句会がおかれていたとしても、俳句を「詠む」ことをあまり真剣に考えずに投句した作品を、級友同士で互選して、上位句を選んだだけで終わってしまっていたのではありませんか。ちなみに、児童・生徒であったみなさんは、そうした句会のとき、いつも「先生ってどんな句を作るのかな」と興味津々だったのに、先生が自分たちと同じく投句したり、自身の句を披露してくれたことはほとんどなかったでしょう。また「先生は自分たちのどの句が優れた句だと思っているのかな」という興味・関心についても、先生たちから「先生は俳人ではないので、俳句のことをよく知りもしないで特定の句を優秀だとしたり、句を勝手に評価したりすると、君たちの将来に影響を与えてしまうからね」などと言われ、しばしばそらされてしまったりしませんでしたか。つまり、国語科でおこなわれる句会とは、広くおこなわれている句会と比較すると、「句会」としてもきわめて曖昧な存在であったというわけです。

では、現在の「学習指導要領」には、国語科で俳句はどのように扱われるべきだと示されているのか、それを見てみましょう。

小学校〔第5学年及び第6学年〕B　書くこと

ア　経験したこと、想像したことなどを基に、詩や短歌、俳句をつくったり、物語や随筆などを書いたりすること。

中学校〔第2学年〕B　書くこと　言語活動例

ア　表現の仕方を工夫して、詩歌をつくったり物語などを書いたりすること。

高等学校「国語総合」　B　書くこと

ア　情景や心情の描写を取り入れて、詩歌をつくったり随筆などを書いたりすること。

以上のように、詩歌の「創作活動」が国語科の学習活動として盛りこまれています。つまり、俳句を「読む」授業から俳句を「詠む」授業へと変革を求められているわけです。また、句会は、国語科の三領域である「話すこと・聞くこと」が披講で、「書くこと」が作句で、「読むこと」が選句という場で、さらに名句を知ることで「伝統的な言語文化」についても学べます。このように句会にはとてもバランスのとれた国語科教育が期待できるのです。

さて、国語科にかぎらず、授業が成立するためには三つの要素が必要です。それは、①学習目標　②学習活動　③評価です。教員は学習者の実態を観察して、不足したり欠けていると思われる能力を補うための①学習目標を定め、その目標を的確に達成できるための学習材料や活動内容を用意し、③学習活動を実施します。その結果、学習者は各人で到達度は異なるかもしれませんが一定の成果を残すことになり、それを③評価として記録していきます。

俳句の創作という学習では、③にあたるのがまさに句会です。句会において何がどこまで評価されるかはとても大切な問題です。その場合、第三者による評価もあれば自己評価もあります。先にあげたような創作者自身もよくわからないままに句会らしきもので互選されて高得点を得ても、それは正当な評価とは言えません。また、俳人でもない国語科の教員の好みによる評価も評価として受けいれづらいでしょう。だからといって、国語科の教員全員に俳句について俳人並みの深い知見を持てというのも無理というものです。

ただし、この課題にたいするとてもよい学習方法があります。近年注目されている「アクティブラーニング」です。「アクティブラーニング」とは、①主体的な学び　②交流　③学習の深まり、の三つの要素から成りたっています。この①から③は、まさに句会と一致します。創作活動はまさに①の主体的な学習者の意欲の反映がなくては成りたちません（ただし、意欲がなくて盗作に走る可能性もありますので教員には少なくとも名句の知識は必要でしょう）。句会の互選による選句は自分の句と他人の句とを比較し読むことでの②の交流です。そしてその結果として③に至ります。③では互選で高得点を得る必要はまったくありません。作者が創作のとき意図したことが選句の際に読み手に伝わったのか、それを句会で読み手から直に聞くことにより、自らの表現力の育成につながるからです。

学習の深まりとは、個々の学習者の内面においての学習活動の前後での変化です。それは、他人から数値化して評価されるべきものではありません。他者の声に耳を傾けて、自己の内面を見つめなおして得られるものです。句会とはまさにそうした学習の場にふさわしいのです。俳諧から近代俳句への脱皮のなかで、正岡子規たちが、こうした句会の学習効果にいち早く気づいていたことには、いまさらながら驚きを禁じ得ません。

▼石塚　修

第6章◉【文語と口語】ぶんごとこうご

俳句も現代の詩なのに、
どうして文語で詠むのでしょう?

口語で表現する現代詩

みなさん、「詩」ということばを耳にしたとき、まず、どんなものを想像しますか。

普通は、いわゆる「現代詩」と呼ばれている、現代語で表現されているものを思い浮かべるのではないでしょうか。

わたしが一番きれいだったとき
街々はがらがら崩れていって
とんでもないところから
青空なんかが見えたりした

茨木《いばらぎ》のり子という詩人が書いた「わたしが一番きれいだったとき」という詩の冒頭です。とても、有名な詩ですので、ご存じの方も多いと思います。

茨木は、大正十五年六月十二日生まれ。一番、きれいだったときとは、何歳くらいの時のことでしょうか。もちろん、女性の美しさというのは、年齢だけで決めることはできません。中高年になっても、美しさを感じさせる人は、たくさんいます。ただ、ここで注意しなければならないのは、「だった」という、過去形になっている点です。そこから判断してみると、作者は、若い時期のことを言っているのではないでしょうか。

「街々はがらがら崩れていって」とは、どういうことを表しているのでしょうか。

昭和十六年、太平洋戦争が始まった年、茨木は、十六歳。愛知県立西尾《にしお》女学校に在籍していました。日本が敗戦したのは、昭和二十年、二十歳の時。この歴史の事実と重ね合わせてみると、「街々はがらがら崩れていって」とは、空襲を受けたときの景色を描いていると判断できるでしょう。

本来ならば、青春を謳歌《おうか》しているはずの時代に、作者は、戦争というもののために、その若さを犠牲にしなければなりませんでした。そんな悔しさを、茨木は、第二連で、このように表現しています。

わたしが一番きれいだったとき
まわりの人達が沢山死んだ
工場で　海で　名もない島で
わたしはおしゃれのきっかけを落してしまった

「わたしが一番きれいだったとき」は、第一連の繰り返しですが、その続きの3行で、作者は、悔恨の思いを、切実に表現しています。

高浜虚子の「大根の葉」の句

一方で、「俳句」は、文語で書かれることが多いのです。

多くの教科書に載っている、高浜虚子という俳人の代表作に、次のような句があります。

流れ行く大根の葉の早さかな

ここでは、下五の「早さかな」の「かな」の部分が文語ですね。「かな」は、詠嘆、深い感動を表す助詞です。だから、現代語に直すと、「流れ行く大根の葉が早いなあ」という意味になります。文語「かな」と、口語「なあ」。現代語で表現されたときと、口語の表現の場合の感覚的な差が分かるでしょうか。口語で表現してしまうと、俳句らしい格調・雰囲気が失われてしまうような気はしませんか。

余談になりますが、この句の鑑賞のポイントには、語順にあります。今井文男という人が述べた説です。

A　**流れ行く大根の葉の早さかな**（虚子の句）

B　**大根の葉の流れ行く早さかな**（改作例）

Bの改作句だと、まず、冒頭の「大根の葉」の部分から、流れている対象が、最初から、明らかになってしまいます。視覚的イメージは、さまざまに想像されることなく、最初の段階で固定されてしまうのです。

一方、Aの虚子の句の上五は、「流れ行く」から始まります。「流れ行く」ということばを、眼にしたとき、読み手には、さまざまな連想の可能性が与えられています。たとえば、「川」「水」「時」などですよね。「流れ行く」ということばは、その連想されるイメージを含んだまま、中七「大根の葉」に係っていきます。「流れ行く大根の葉の早さかな」の語順には、さまざまな想像力を喚起する効果があるのです。

このような俳句のことばの特色を、外山滋比古《とやましげひこ》は「修辞的残像」と呼びました。この虚子の句など、まさに、その「修辞的残像」効果が働いている作品です。

文語表現の魅力を体験してみよう

話をもとに戻していきます。俳句は、なぜ、文語表現なのか。抽象的な理論を展開するよりも、実際の作品を読みながら、話を進める方が良いでしょう。

くろがねの秋の風鈴《ふうりん》鳴りにけり　飯田蛇笏

これを口語に直して比較してみたら、どうなるでしょうか。

鉄製の秋の風鈴鳴りました　(改作例)

う〜ん……。これじゃ、風情も何もないことは、誰でも、分かると思います。

どこが違うのでしょうか。

句の意味は、そんなに、難しくないですよね。蛇笏の句の上五は、「くろがね」は、「鉄」の古い言い方。いまでも、使うことがありますが、文語的なニュアンスを含んだことばです。これを、現代語に直すと、「鉄の」ということですが、それでは、2音足りなくなってしまうので、改作案では、あえて「鉄製の」としてみました。しかし、どう考えてみても、「鉄製の」では、安っぽくなり、ことばの重みが失われてしまいます。

「鳴りにけり」は、「鳴り」＋「に」＋「けり」ということばが繋《つ》がったもの。「に」は完了の助動詞。「けり」は詠嘆の助動詞。鉄で出来た秋の風鈴が、軒に吊られたまま鳴っていた。ま、そんなくらいの意味です。

ただ、ここでは、それほど文法上の説明に、こだわる必要はありません。「鳴りにけり」と「鳴りました」では、あきらかに読後感に差があることを、感覚で味わってもらえれば、充分です。

さて、蛇笏の句の面白さは、実は、「秋の風鈴」の「秋」にあります。

風鈴を「歳時記」（俳句の季語を、季節ごとに分類、説明をし、例句が載っている本のこと）で調べてみると、「夏」に分類されています。

「秋の風鈴」というのは、夏、吊しておいた風鈴が、しまい忘れたままになっていたのでしょう。かすかな秋風に、突然、鳴りました。静寂を破るかのように。かすかな驚きと、身の引き締まるような気分。秋深い静けさの中、荘重《そうちょう》な雰囲気を漂わせた作品です。

後半の「鳴りにけり」の「けり」は、感動を表すことば。「……だなあ」といった意味。「切字」と言います。「切字」については、この本の第4章「切字・切れ」の中で、詳しく述べられているので、そちらを参考にして下さい。

いずれにしても、文語の「鳴りにけり」と口語の「鳴りました」では、一句の緊張感が異なります。俳句は、わずか十七音の詩。表れている意味は同じでも、一語一語が与えるイメージの違いによって、作品の価値は大きく変わってきます。

韻文としての俳句の性質

「鳴りにけり」「鳴りました」の差。これは、単に、個人の個性、才能を越えた部分です。形式自体に内包されている特色と言っていいでしょう。確かに、文語より、口語で表現した方が、意味は分かりやすい。しかし、詩は、分かりやすければ良いというものではありません。

詩人であり、批評家であるポール・ヴァレリーという人物がいました。彼の有名なことばに、「散文は歩行であり、韻文は舞踏である」というのがあります。

「散文」、いわゆる一般の文章は、明確に、意味が伝わればそれで良い。ちょうど、ある目的へ向かって、最短距離で移動するように。

それに対し、「韻文」(詩・短歌・俳句など)などは、意味さえ通じれば良いというものではありません。日本舞踊やバレーなどを思い出してもらえば良いのですが、日常の動きとは異なる身体運動から、観客は、さまざまなイメージを触発されます。

俳句は、そのように、微妙なことばの変化によって、読者に与える印象が異なってくる形式です。詩や短歌より、短い。日本語として、これ以上省けば、意味の伝達が不可能になるほど、ことばが切り詰められた形式です。文語の持っている格調の高さというものは、俳句形式の短さを補う役割を果たしています。

文語表現には格調がある

冬菊のまとふはおのがひかりのみ　水原秋桜子

「菊」の花は、本来は、秋の季語。ここでは、冬に咲いている菊を詠んでいます。冬菊に、かすかに日が差していて、菊の花自体が、光の中に浮かび上がっているように感じられたさまを表しているのでしょう。この句の魅力を、まず、分析してみたいと思います。

一句の表現の巧みさの第一点目としては、「まとふ」という擬人法にあります。語感から、柔らかな雰囲気が伝わって来ます。

二点目は、最後の「のみ」にあります。この「のみ」という語は、一句の中で、唯一、強いひびきを持っています。冬菊のひかり以外には、何物も寄せつけようとしない緊張感。そのことによって、十七音は、キリリと引き締まった印象を、読者に与えます。

三点目は、表記にあります。冒頭の「冬菊」以外、一句は、平仮名で書かれてあります。

これを、「冬菊のまとふは己が光のみ」とした場合と比較してみましょう。「己」「光」という漢字が、平仮名表記のような清浄感を失わせてしまいます。

しかしながら、以上三点以外で、この句の世界を支えている最も強い基盤は、文語表現にあります。この句を口語表現に直してみると、「冬菊のまとっているのは、自分の光だけだ」くらいの意味になります。比べてみると、俳句を読み慣れていない人でも、文語の方が、格調・気品があることが感じられると思います。

文語表現は省略が効く①

俳句において、文語表現が口語表現より好まれる理由が、もう一つあります。

文語の方が、口語より、簡潔に表現できるからです。音数を節約できるのです。例をひとつ挙げてみましょう。

地球またかく青からむ龍の玉

鷹羽狩行

「龍の玉」は、冬の季語。晩秋から冬にかけて、えんどう豆くらいの大きさに実り、美しい碧色《あおいろ》をしています。この句を、とりあえず、口語訳してみましょう。

「かく」は、「このように」の意。「青からむ」は、形容詞「青し」の未然形「青から」に、推量の助動詞「む」の終止形が接続した形です。

高校の古文の時間に習う内容ですが、要するに、「青からむ」の口語訳は、「青いだろう」となるということだけ、理解しておいてもらえれば、大丈夫です。

右のポイントを押さえて、口語で意味を考えていけば、「地球もまた、このように青く美しいのだろう。龍の玉のように」となります。「かく青からむ」と「龍の玉」の間は、意味上、切れています。この口語の内容を、切り詰めて、省略していけば、どうなるでしょうか。上五部分の「地球もまた」の「も」は、省くと、舌足らずのようになり、多少、不自然になります。しかしながら、まあ、そこは、眼をつぶることとしましょう。

どうすることもできないのが、中七の部分です。

「かく青からむ」は、「このように青いだろう」としか、訳しようがありません。「コノヨウニアオイダロウ」で11音です。下五の5音「リュウノタマ」と接続すると、「チキュウマタ　コノヨウニアオイダロウ　リュウノタマ」となり、全部で22音です。俳句定型の17音を、はるかにオーバーしてしまいます。

このようになる理由は、いくつか考えられます。

ひとつは、口語「このように」が、文語では、「かく」という簡潔な語で表現できるという点。

ただ、これは、すべての語に対して、当てはまるわけではありません。

ポイントは、「青からむ」の「む」にあります。「む」は、推量の助動詞に分類されますが、いくつかの意味を持っています。①推量（…だろう）②意志（…しよう）③適当・勧誘（…するのがよい、しましょう）④仮定・婉曲（もし…だったら、…のような）。

括弧の中の、訳を見てみれば分かると思いますが、文語の「む」一音で終わる意味を、口語で表現しようとすれば、少なくとも、3音以上は必要になってきます。

簡潔にして、多様な意味の拡がりを持つ古典文法の「助動詞」の働きを、現代語では切り捨ててしまっています。そのため、どうしても、表現が冗長になりがちなのです。

さらに、下五の「龍の玉」の部分を考えてみましょう。

「龍の玉」は、地球の青さの比喩です。普通に表現すれば、「龍の玉のように」となるところです。ところが、ここでは、「…のように」を省いています。このように、「ように」「ごとし」などを使わないで、比喩を表現することを、「暗喩《あんゆ》」と言います。この暗喩を文語俳句で用いた場合には、しっくりと感じられます。ところが、口語の「このように青いのだろう。龍の玉」では、なぜか、ギクシャクとして、不自然に感じられてしまいます。

その違いは、先ほど、少し触れた「切れ」の効果によります。何度も繰り返していますが、俳句は、わずか十七音です。その十七音の中で、「かく青からむ／龍の玉」の「切れ」の亀裂は、とてつもなく深い断絶感を、読み手に与えます。その断絶感により、「龍の玉」の五文字は、「…ように」という暗喩表現であることを感受、選択する余裕を読者に与えます（第4章参照）。

ところが、口語表現の場合は、この亀裂の感覚が弱くなってしまいます。どうしても、散文に近いスピードで意味を把握しようとしてしまいます。「このように青いだろう／龍の玉」の亀裂が、文語の「切れ」よりも浅いのです。そのため、どうしても、暗喩であることを感じ取ることが、文語よりも難しくなってくるのです。

このことは、他の句でも、言うことが出来ます。

文語文体は省略が効く②

花あれば西行の日とおもふべし　角川源義《かどかわげんよし》

まず、上五「花あれば」。口語表現ならば、これは、「もし、花が咲いていれば」という仮定条件になります。実際に、目の前には、花はないのです。想像の産物です。

ところが、文語表現の場合には、「花あれば」は、「花が咲いているので」という確定条件になります。つまり、花は、咲いているのです。

古文の授業ならば、「未然形＋ば」＝順接の仮定条件、「已然形＋ば」＝順接の確定条件ということになりますが、要するに、

（文語）「花あれば」＝「花があるので」（確定＝実際に、花はある）

（口語）「花あれば」＝「もし、花があれば」（仮定＝実際に、花はない）

だというポイントを抑えておいてください。

「西行の日」とは、歌人・西行《さいぎょう》法師の忌日《きじつ》。下五の助動詞「べし」は、先ほど出て来た、

助動詞「む」を強めたものですが、いろいろな意味があります。①推量（…だろう）②意志（…しよう）③可能（…できる）④当然（…はずだ …すべきだ）⑤命令（…せよ）⑥適当、勧誘（…のがよい）。

角川源義の句の場合、「思ふべし」は、「…しよう」という意志の意味になります。それも、かなり、強いニュアンスを持った意志です。

以上を総合して、文語表現と口語表現を比較してみます。

A＝花あれば西行の日とおもふべし（文語体）

B＝花が咲いているので、西行法師の日と思おう。（口語体）

この口語訳も、前の句と同様、音読すれば、「ハナガサイテイルノデ　サイギョウノヒトオモオウ」。10＋7＋4＝21音。やはり、大幅にオーバーしてしまいます。このことばのマジックは、上五の順接確定条件が、「アレバ」というわずか3音で表現できてしまうところにあります。

なお、この角川源義の句のベースには、西行法師の和歌「ねがはくは花のしたにて春死なむそのきさらぎの望月のころ（『新古今集』雑下）」があります。西行の和歌の意味は、「願うことには、桜の花の下で死にたいものだ。釈迦が涅槃《ねはん》に入られた二月十五日の満月の夜のころに」。源義は、今眼前に広がっている桜の花を見ながら、西行の最期に思いを馳《は》せています。

✿例外としての口語俳句

今まで、なぜ、俳句は文語文法なのかと言う話をしてきました。しかし、何ごとにも、例外というものがあります。たとえば、渡辺白泉という俳人には、

憲兵の前で滑つて転んぢやつた　渡辺白泉《わたなべはくせん》

と言う有名な無季の口語句があります。

「憲兵」とは、大日本帝国陸軍において、主として軍事警察を掌った兵士のこと。白泉は、「憲兵」にかなり、批判的なイメージをこめて、使っています。お道化《どけ》て見せながら、憲兵の権威を否定するような強烈な批判精神を感じさせます。文語体の改作案と比較してみましょう。

憲兵の前で滑りて転びけり　（改作例）

これでは、平凡な事実報告になってしまいますね。

白泉の作品と対照的な世界を描いた口語俳句に、次のようなものがあります。

じゃんけんで負けて螢《ほたる》に生まれたの　池田澄子《いけだすみこ》

じゃんけんで負けて蛍にうまれたというのは、正直、意味が良く分かりません。しかしな

がら、イメージとしては、メルヘンの世界のような不思議さ、意外な面白さがあります。大切なことは、この句の文体が口語であるということです。もし、この句が、

じゃんけんに負けて螢に生まれけり　（改作例）

だと、魅力はほとんど失せてしまいます。「生まれたの」という女性らしい口語口調が、印象深い一句とならしめています。俳句の基本は文語。しかし、口語俳句にも秀作があることを、頭の隅にとどめておいてください。

▼中岡毅雄

▼参考文献
『高濱虚子研究』山口誓子・今井文男・松井利彦編（右文書院、一九七四年）
『修辞的残像』外山滋比古（みすず書房、一九六八年）

第7章◉【滑稽・ユーモア】こっけい・ユーモア

俳句は
どうしてユーモアの詩と
言われるのでしょう?

スローガンと俳句

とび出すな　車は急に止まれない

交差点でときどき見かけるこの言葉。これはなんでしょう。五七五の形をしています。「な」の所で切れてます。残念ながら季語は入っていませんが、無季俳句というものもありますから（詳しくは本書の第9章をごらん下さい）、これが俳句でないと主張する理由としては弱い。それでも、やっぱり、これは俳句じゃありません。

「交通安全スローガン」の、一九六七年の「こども部門」の内閣総理大臣賞作品です。全日本交通安全協会と毎日新聞社は一九六六年以来「交通安全スローガン」を毎年募集していて、今も続いています。その長年の受賞作のうちでも初期の名作にして代表作と言えます。「スローガン」は英語で書けばslogan です。『日本国語大辞典』の説明を借りると、「団体・党派・政府などが、一般に呼びかけるためにその主義・主張を端的に言い表わした語句。標語」です。

なるほど、「歩行者も交通事故に遭わないように注意しなければならない」という主張を伝えるために、「とび出すな……」は作られたのです。これは俳句ではない、という理由のいちばんは、そこにあるのではないでしょうか。俳句は主義や主張を訴えるためには作られるものではないのだから、これは俳句ではない、ということです。

✿思いを、ユーモアにくるんで

では、たとえば、

やれ打《うつ》な蝿が手をすり足をする　　小林一茶

はどうでしょう。「とび出すな……」と同じく五七五で「な」の所で切れてます。「蝿」が夏の季語です。つまり、俳句の形をしっかりそなえています。でもそれ以上に「俳句である」ということを決定づけているのは、一茶という作者が個人として抱《いだ》いた思いを、ユーモアにくるんで他人に示している点にあります。

一茶は一八二七年に数え年六十五歳で亡くなった俳人です。一茶の時代、蝿はひたすら憎むべき存在でした。一茶もきっと日ごろさかんに蝿をたたいていたでしょう。でも、ある時、一茶に「ああ、蝿を打ってはならないな」という思いが湧いたのです。なぜって、蝿が手を摺《す》り合わせて拝むし、それればかりでなく足までも摺り合わせて、必死に命乞いしているように見えたからです。「足摺《あしず》り」は、鬼界《きかい》が島に流された俊寛僧都《しゆんかんそうず》が、赦免《しやめん》に洩れてただ一人島に残されるというときに、都に向かう舟に向かって足をバタバタさせて「乗せてゆけ」と泣きわめいたという故事（『平家物語』などに出てくる）のある言葉です。

いくらなんでも一茶だって「蝿が命乞いをしている」と本気で考えたわけはありません。蝿の習性としてそういう動作をしているにすぎないと分かっていたでしょう。でも、それがまるで俊寛みたいに「足摺り」までする必死のポーズに見えて、蝿をたたくのにためらいが生じたのです。そして、「どうですか、みなさん、そんな見方って、分かるでしょう」という思いを、俳句の形式に当てはめて表現したのです。蝿の習性を嘆願のさまに見立てるという、事実一点張りとは違った、角度を変えた物の見方がそこにはあります。そこがユーモアの要素だと言えます。

つまり、一茶は、「手を摺り、それに足摺りまでされると、蝿をむやみにたたけなくなっちゃうんだよね」という、ちょっと普通とは違う、でも誰にでも理解できる心の動きを表現しようとしたのです。「蝿だって生きているんだから殺してはならない」という博愛主義を真剣に訴えるスローガンとして、「やれ打な……」の句を詠んだわけではありません。

日本語の詩の展開

俳句はほんらい、ユーモアや滑稽な要素を持つように求められる詩です。それは、明治時代のなかばに俳句という詩の形式が確立するまでの歴史的な経緯に、根拠があります。しばらく、その流れを説明しましょう。

日本語の詩は、ざっと次のように展開してきました。

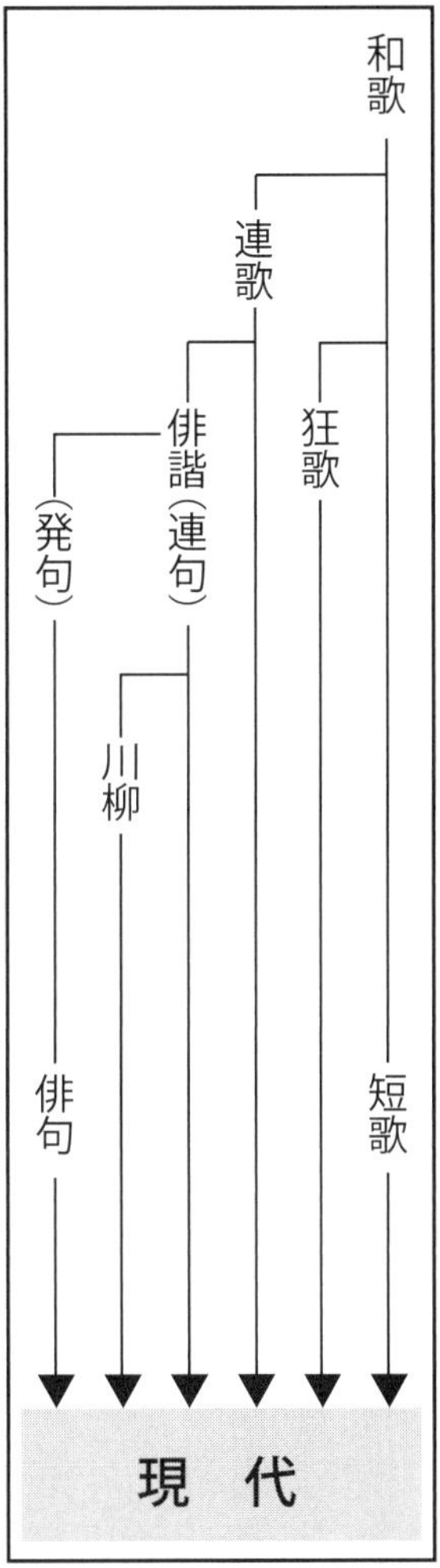

上から下へ向かって、歴史的時間が流れているとお考え下さい。横線のところで、新しい詩の形式がジャンルとして枝分かれてきたということを示しています。いちばん下が現代です。現代でも短歌・狂歌・連歌・連句・川柳・俳句はそれぞれに、作者人口の多い少ないに差はあるものの、日本語による伝統的な詩形式として作られ続けています。また、それら以外に、漢詩や、ヨーロッパの詩に倣った形式の詩や、あるいはもはや形式のワクを取り払った自由な形の詩が、作られています。

『古今和歌集《こきんわかしゅう》』仮名序の説明する和歌

むかしむかし大むかし、日本列島に住む人々は文字を知りませんでした。でも、当時の日本語を使って会話していましたし、歌を歌っていました。やがて大陸から漢字がもたらされ、

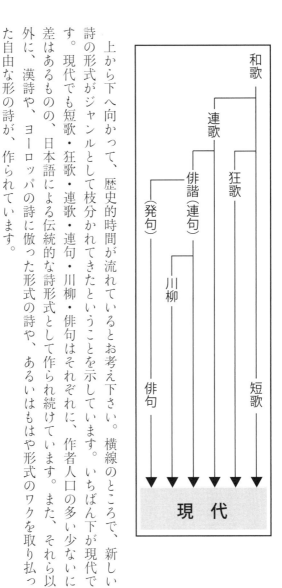

それを学習した日本人は古い歌や新作の歌を漢字を使って記録し、『万葉集』などの書物に遺《のこ》しました。その後、日本独自の表音文字、すなわち仮名文字《かなもじ》が生み出され、歌は主として仮名文字によって記されるようになりました。

十世紀のはじめ、時の帝《みかど》の命令によって、『古今和歌集』という歌集が編集されました。最初の勅撰《ちょくせん》集です。編者の一人、紀貫之《きのつらゆき》は、『古今和歌集』の冒頭に、仮名に漢字を交ぜた記録方法で序文を書きました（それは「仮名序《かなじょ》」と呼ばれます。別に、漢字のみで書かれた「真名序《まな》」があります）。紀貫之はその仮名序の冒頭で日本人にとっての「やまと歌」を説明しているのですが、そこに次のような一節があります。

力をも入れずして天地《あめつち》を動かし、目に見えぬ鬼神《おにがみ》をもあはれと思はせ、男女《をとこおんな》の仲をも和らげ、猛き武士《もののふ》の心をも慰むるは、歌なり。

（力を使うこともなく天や地を動かし、人の目には見えない鬼や神にも哀れみの心を起こさせ、男と女の関係をスムーズにし、荒れ狂う武士の心までも穏やかにするのは、やまと歌である。）

やまと歌、つまり和歌は、天地や鬼神、恋の相手やいくさをする武士の心を動かすことのできる手段だというのです。たとえば、大雨が続けば雨を止める歌を、逆に干ばつの時には雨乞いの歌を詠み、それに天が応えたという逸話はいくつもあります。神社に歌を奉納して神様の加護《かご》を願うのは普通のことでしたし、恋を実らせるなら歌を贈ることが最初のハードルでした。いくさする武士の心を歌によってなだめて、戦闘を止めるにも歌は効果を発揮しました。

そのように、和歌とは、作者が自分を取り巻くこの世界のさまざまなものを「動かしたい」「変えたい」という場合に有効な、呼びかけの方法だったのです。そして、あたりまえのことですが、呼びかけ方のうまい・へたによってその効果に差が出てしまうものでした。

そこで作者は、呼びかける相手に注目してもらおうとして、序詞《じょことば》・見立て・掛詞《かけことば》・縁語などのさまざまな技巧をこらしました。「笑わせる」ことも相手の気を引くための一方法で、悪ふざけしたり、卑俗な話題を詠み込んだり、極端な誇張をしたりしました。『古今和歌集』にもそうした歌群が「誹諧歌《ひかいか》」の名のもとにまとめて載せられています。

しかし、平安時代を通じて、「歌は誰かまたは何かに訴えかけるもの」という要素は弱まっていきます。作者の個人的な思いを表現する「つぶやき／ツイート」めいた創作の割合が大きくなります。あるいは、「題詠《だいえい》」と言って設定されたテーマにあわせて歌を詠むことも一般化しました。和歌は次第に「マジメに詠まなくてはダメ」と意識されるようになって、「笑わせる」ための歌は和歌の本流から閉め出されていきます。そして室町時代の後半あたりで、そうした歌は「狂歌」と呼ばれ別ジャンルとして枝分かれします。また、その後の和歌の本流は、詠むための発想法が明治のなかばごろ大いに改まってジャンルの呼称も「短歌」に変わり、現在に至ります。

和歌から連歌が派生すること

さて、和歌は、五拍の長さを持つ語句と七拍の長さを持つ語句をつなげてゆく、リズム主体の詩の形式です。平安時代に入るころから、「五拍＋七拍＋五拍＋七拍＋七拍」で一首《しゅ》とする短歌形式の和歌ばかりが作られるようになりました（和歌は「首《しゅ》」で数えるものです）。すると、一首を二人で共同制作するというケースが現れてきます。つまり、前半の「五拍＋七拍＋五拍」を誰かが作ったら、別の誰かが後半の「七拍＋七拍」を続けて一首を完成させるのです。あるいは後半が先にできる場合もあります。そのようにしてできた作品を「連《れん》歌《が》」と呼びました。第二の勅撰集『後撰和歌集《ごせんわかしゅう》』秋中に収められた連歌の例を紹介しましょう。秋の頃に、ある男が、あるお屋敷の庭に入ったところ、建物に簾《すだれ》が下がっていてその向こうには女性がたくさんいる様子でしたので、男は歌の前半を紙に書いて差し入れました。

白露のおくにあまたの声すれば

（秋が来て白露が地上に置きます。おや、「置く」と言えば、「奥」のほうでたくさん人の声がしていますが、どなたたちでしょうか。）

そうしたら、歌の後半が書かれた紙がするすると簾の内側から差し出されました。

花の色々有《あり》と知らなん

（お分かりでしょう、花がいろいろ咲いているのですよ。私たちという美しい花が。）

詠んだ人は明記されていません。男の詠んだ歌の前半では「おく」が掛詞、つまりシャレになっています。男は気のきいたシャレを放って女性たちの気を引こうとしたのです。そうしたら、女性たちの誰かが、自分たちを「花の色々」つまりいろいろな秋草の花になぞらえ、「そうなのよ、美女がいっぱいいるのよ」と、自慢げに歌の後半を返してよこしたのです。

この例のように、初期の連歌には、まず誰か一人が歌の途中までを「問い」として投げかけ、別の誰かがその「答え」を出すという「問答」のかたちが多く、それは見方によっては、従来は和歌と和歌のやりとりで行われてきたコミュニケーションの、お手軽な短縮版と言えなくもありません。

連歌が長く続けられてゆくこと

やがて、平安時代の後半には、和歌一首の前半と後半を二人の人が作る「連歌」は、ありふれた創作形式になりました。では、想像してみて下さい。その次には何が起こったでしょうか？

「五拍＋七拍＋五拍」の句に別人が付けた「七拍＋七拍」の句に対して、また別の人（最初の句の作者でもよい）が「五拍＋七拍＋五拍」の句を詠み出して新しい一首を作るという形が発生しました。さらにその次に「七拍＋七拍」の句が付けられ、またその次に「五拍＋七拍＋

五拍」の句が付けられ……と、連歌が長く続けられるようになったのです（和歌を二つに切った最小単位は「句」で数えます）。

あとの時代から連歌の歴史をふりかえって、初期の、二句だけで終わりとする連歌のことを「短《たん》連歌」、えんえんと続くようになった連歌のことを「長《ちょう》連歌」もしくは「鎖《くさり》連歌」と呼び分けることがあります。しかし、長く続けられる連歌が当たり前になってしまった鎌倉時代の初期以降は、「連歌」と言えば長連歌を指すようになりました。なお、いくらなんでもはてしなく続けたわけではなくて、基本、百句で終わりとする「百韻《ひゃくいん》」が一般的でした。

長連歌としての連歌は、なかなかユニークな文芸形式として展開しました。

隣り合う二句（仮にA・Bとしましょう）は一つの表現世界を描き出しています。それは言葉の分量としては和歌一首と同じです。ところが、その後半の一句（B）に新しい句（C）が付けられてまた別の表現世界を描きます。〈A＋B〉と〈B＋C〉は半分だけ重なった二つの表現世界です。句を付け続けると次々に新しい表現世界が生まれ、ずれていきます。

連歌では、そのずれが大きければ大きいほど面白い、という評価がなされたのです。言い替えると、〈A＋B〉に対して〈B＋C〉ができるだけ違った話題に転ずるように付けることが、〈C〉の作者には常に求められたのです。

たとえば、連歌の撰集『菟玖波《つくば》集』に、連続した三句を抜き出した次のような例があります。

片枝《かたえ》はうすき峰の紅葉ば　（A）

人心《ひとごころ》思ひおもはぬ色みえて
なみだをしらば月もはづかし

後深草院少将内侍《ごふかくさいんしょうしょうのないし》（B）
前大納言為家《ぜんだいなごんためいえ》（C）

句の下に示したようにこの三句をA・B・Cとしますと、〈A＋B〉では、「峰の上の紅葉の色付きぐあいを見ると木の片側の枝はまだ色が薄い。そのように、人の心というものは、相手を恋しく思ったり思わなかったりと、人によってさまざまな様子が見られます」という表現世界が作られています。それが〈B＋C〉になると、「人心」を「私が恋しく思っている相手の心」と読み替えて、「あの人の心は私のことを思ってくれていたり思ってくれなかったり、ころころと変わるらしい。だから私は涙を流して、月に対しても顔を上げられないのです」となっています。このようにずれながら付け進められる点に、連歌の興味の中心がありました。

俳諧《はいかい》が連歌から分かれた事情

連歌が長く続ける形式になってから後も、発句《ほっく》（一句めのことです）と脇句《わきく》（二句めのことです）には、ある人が呼びかけて別の人がそれに答えるという、むかしの短連歌のころの意識が残っていました。具体的方法として、発句・脇句には、実際の季節の話題を詠み込み、おたがいに挨拶を交わす心持ちで詠むことが約束事になっていました。

発句はずっとのちの俳句につながるわけですが、現代でも一般的に「俳句には季語が必要」

とされることの由来はここにあります。

しかし、第三《だいさん》（三句めのことです）から先には、想像力によってできるだけ変化に富んだ話題を展開させることが必要とされ、挨拶の心は不要になります。その際に連歌作者が想像力のよりどころとしたのは、過去の和歌に詠まれてきた世界でした。和歌はすでに権威あるマジメな文芸になっていましたから、おのずから連歌もマジメな色合いを重視した文芸になりました。室町時代に入るまでには、連歌といえば座敷での礼儀作法とか「詠んではいけない言葉」とかがきっちりと決められている、かたくるしい文芸になっていたと言えます。

さて、息のつまるようなマジメな連歌の会のあとで、飲み食いしたりしながら、ある程度はめを外した連歌の会が開かれた、というのは容易に想像できることです。二次会はしばしば無礼講になるものです。そうした連歌の会は言葉や発想に制約のない、作者次第で自由な言葉遊びや俗っぽい（ときにはエッチな）話題を詠み込むことのできる会でした。あるいは、最初からそうしたフマジメな連歌を目的として作者たちが集まることもあったでしょう。

そのような、いわば裏面《うらめん》の連歌を「俳諧《はいかい》之《の》連歌」と呼びました。「俳諧」は前述の『古今和歌集』の「誹諧歌《ひかいか》」の発想と呼称をちょっと違った表記と読み方で引き継いでいるのですが、江戸時代の初めごろにはよく「滑稽」の意味であると説明されます。つまり、「俳諧之連歌」とは、滑稽な、人を笑わせる要素を持った連歌ということです。和歌や連歌では使われない卑俗《ひぞく》な言葉を「俳言《はいごん》」としてわざと使ったり、気のきいたシャレを飛ばしたり、古典をパロディにして取り入れたり、さらにはナンセンスな内容や卑猥《ひわい》な話題などを詠み込んだりする連歌でした。

江戸時代に入ると、識字層が広がって、和歌などの古典の教養がない人々までも連句文芸に遊ぶようになります。そうなると、もともとのマジメな連歌よりも、「俳諧之連歌」略して「俳諧」のほうが盛んに作られるようになったのでした。

俳句にユーモアが必要なわけ

俳諧であってもやはり「俳諧之連歌」なのですから、発句・脇句は挨拶を交わすように詠むという連歌の約束事は生きていました。そしてまた「俳諧之連歌」であるからには、発句以下のすべての句に、何らかの滑稽な要素、ユーモラスな表現が求められました。

江戸時代には「俳諧はこのように詠め」ということを説いた「俳論書《はいろんしょ》」と呼ばれる書物がたくさん残されるのですが、そこでは「俳諧には連歌と異なる要素がなければいけない、連歌の句になってはならない」ということが重要視されています。

芭蕉《ばしょう》（一六四四年生まれ、一六九四年没）も、俳諧についての連歌との違い目を強く意識していました。たとえば、芭蕉の弟子の去来《きょらい》という人が『去来抄』という本を書き残して芭蕉先生の教えを記録しているのですが、それによれば芭蕉は次のようなことを言ったそうです。


「春雨の柳」と言ったら、まるきりの連歌です。「田にし（田んぼに棲む貝の仲間）を取るカラス」と言ったら、まるきりの俳諧です。私の句で、

さみだれに鳰《にほ》のうき巣《す》を見にゆかむ

というのがありますが、俳諧に当たる言葉がありません。でも、「鳰の浮巣を見に行こう」と、意志を示したところが俳諧なのです。

「春雨の柳」は和歌や連歌で詠み古されてきた素材です。「田にしを取るカラス」はそうではないので、素材として用いれば俳諧の句になります。当時は「俳言《はいごん》」すなわち和歌や連歌では使われない言葉の有無を、その句が俳諧かどうかの指標とすることが一般的でした。しかし、俳言がなくても俳諧になる、と芭蕉は言うのです。芭蕉の「五月雨に……」の発句には俳言がありません。「五月雨《さみだれ》」も「鳰《にお》」（浮巣を作る水鳥で、琵琶湖に生息するものが有名でした）も、「浮巣《うきす》」も、和歌や連歌の素材。でも、作者芭蕉によれば、「見にゆかん」という酔狂《すいきょう》な行動を起こす意思表示こそが俳諧的表現だったのです。雨の中わざわざ「鳰の浮巣」を見に行こうなんて！

その後、明治時代のなかばまで時代が下ると、正岡子規が中心となって「俳句革新運動」を展開します。それ以来「俳諧之連歌」の発句は「俳句」と呼び名を替えられて、独立した文芸形式として作られ鑑賞されるようになりました。合わせて「俳諧之連歌」の形式は「連句」と呼ばれるようになりました。

「俳句」はもともとは「俳諧之連歌」の発句だったということが、「俳句にはユーモアが必要だ」と言われることの由来です。

ちなみに「川柳」は、ここに詳しくは述べる余裕はありませんが、「俳諧之連歌」の発句以外の一部分（つまり、連句の付け句）を独立させた文芸です。やはり現在に至るまでも「俳諧」らしい笑い重視の色合いを強く残していますね。ただし、挨拶というべき要素を含む必要がないという点で「俳句」とは発想法が違います。

現代、古典の俳諧を読む際に注意したいこと

ところで、近代から現代にかけて詠まれてきた俳句は、一部の作者を除いて、全体的にユーモアの要素を後退させているように見受けられます。「俳諧」という尻尾《しっぽ》が退化して尾骶骨《びていこつ》ぐらいになっている感じがします。

先に見たように芭蕉には自分の発句が連歌ではなく俳諧であることにこだわりがありました。それなのに、現代の俳句作者はつい、自分が句を作るのと同じような感覚で芭蕉も発句を詠んでいたかのように捉えがちです。そんな場合、芭蕉が発句に込めたはずのユーモアは見落とされることが多いのではないでしょうか（芭蕉以外の古典俳諧の作者についても同じことですが）。

古池や蛙《かはづ》飛こむ水のをと

閑《しづか》さや岩にしみ入る蝉の声

菊の香や奈良には古き仏達

これら芭蕉の発句三句などは、現代、もっぱらマジメいっぽうに解釈されていますけれど、はたしてユーモアと言うべき要素を持っていないのでしょうか？

いえいえ、そんなことはありません、と、あと三十頁ぐらい使って説明したいところですが、それはまた別の機会に。

▼深沢眞二

第8章◉【写生と月並】しゃせいとつきなみ

俳句はなぜ
実際にモノを見ることを
重視するのでしょう？

写生句とはどんな句か

俳句は短い詩です。短い言葉の中に、モノを描写した部分が多かれ少なかれあります。

手をついて歌申しあぐる蛙《かはづ》かな　山崎宗鑑《やまざきそうかん》

は戦国時代の作。「手をついて」が最小限の描写です。「手」は前脚です。蛙を観察しなくても「手をついて」という表現は思いつく。そもそも蛙はそういう格好の生き物です。この句の面白さは「手をついて」を「歌申しあぐる」に結びつけたところ。蛙が鳴くのを擬人化して「歌」といった。貴人《きじん》に歌を申しあげる蛙は平伏し、手をついている。四つん這いの蛙の姿を写生した句ではありません。蛙を擬人化し面白がっているのです。

痩蛙《やせがへる》負けるな一茶是《これ》にあり　小林一茶

雌《めす》を奪い合うのでしょうか。痩せた雄《おす》が苦戦している。この句は、蛙が痩せていることを描写することに興《きょう》を見出した句ではありません。俺も負け組だけれどお互い頑張って生きて行こうよ、という一茶の思いを述べた句です。

古池や蛙《かはづ》飛びこむ水のおと　松尾芭蕉

宗鑑と一茶の句は、蛙の写生とはいい難い。

芭蕉の句はどうでしょうか。古びた池がある、蛙が飛び込んだのか、ポチャンと音がしたというのです。歌を申しあげるとか、負けるなとか、そういう蛙の扱いではない。池の蛙の様子をそのまま詠んだ句です。その意味では、宗鑑・一茶の句より、芭蕉の句のほうが写生風です。

しかし、この芭蕉の句も、対象を意図的に写生したものではない。池のほとりにたたずんでいたら水の音がしたという、いわば自然体の句です。

蛙そのものを写生した句とは、たとえば次のような句です。

蛙の目越えて漣《さざなみ》又さざなみ　川端茅舎

青蛙《あをがへる》おのれもペンキぬりたてか　芥川龍之介《あくたがわりゅうのすけ》

落椿を飛ぶ時長き蛙かな　原石鼎《はらせきてい》

茅舎《ぼうしゃ》の句は、水面に目だけ出している蛙です。折々にさざなみが立つ。ひたひたと寄せて来るさざなみは蛙の目を越えてゆく。

龍之介の句は、雨蛙のてらてらとした色艶を、塗ったばかりのペンキに喩えました。

石鼎《せきてい》の句は、蛙が跳んだ瞬間の姿。精一杯跳躍した蛙の全身の思わぬ長さを捉えました。

俳句による写生とは、たとえば、このような句のことをいうのではないでしょうか。茅舎、龍之介、石鼎とも明治以降の作家です。江戸時代には次のような作例があります。

菱枯て蛙《かはづ》しづめり池の秋　水田正秀《みずたまさひで》

「菱枯て蛙しづめり」は、ひっそりと水に潜む晩秋の蛙を描いた写生だといえましょう。

写生と近代

見たまま、ありのままを描くのは一種の作句態度です。このような態度で詠まれた句は、さきほどの正秀《まさひで》の句もそうですが、江戸時代にも見られます。

よくみれば薺《なづな》花さく垣ねかな　松尾芭蕉

初しぐれ猿も小蓑《こみの》をほしげなり　同

斧入れて香に驚くや冬木立　与謝蕪村

芭蕉の句は、まさに「よく見れば」という景です。垣根に小さく薺《なずな》が咲いている。初時雨の句は、猿が寒そうにしている様子です。

蕪村《ぶそん》の句は、葉を落とした冬の木に斧《おの》を打ち込んだら、鮮烈な木の香りがした、というのです。

「よく見れば」「ほしげ」「驚く」に作者の思いが感じられますが、少なくとも眼前のモノを描くという点では、写生といい得る句です。では、次の句はどうでしょうか。

鳥羽殿《とばどの》へ五六騎急ぐ野分《のわき》かな　与謝蕪村

現場を見て来たような句です。「鳥羽殿へ五六騎」は源平の時代の合戦か何かの一場面。想像上の景を写生したといえなくもない。幽霊や龍を描いても応挙《おうきょ》の絵は写生なのですから。

ここまで江戸時代の句を多く挙げましたが、俳句において写生という態度がはっきりそれと意識されるようになったのは、明治以降すなわち近代のこととされています。『俳文学大辞典』に「写生はもと中国に発祥した画論上の術語であるが、洋画にも適用された。その感化を受けた洋画家の浅井忠《あさいちゅう》・中村不折《なかむらふせつ》らとの交流により、正岡子規が俳句の作り方に初めて取り入れ、月並《つきなみ》を脱して俳句の革新に成功した。絵画で実際のものに触れて描くスケッチ・デッサンに相当する（略）」（執筆者・深見けん二）とあります。

また、脱すべき「月並《つきなみ》」については「正岡子規が、幕末・明治にかけて盛行した月次句会の句を指して呼んだ呼称。子規は（略）月並俳句は、①感情に訴えず智識《ちしき》に訴える、②意匠《いしょう》の陳腐を好み新奇を衒《てら》う、③言語の懈弛《たるみ》を好み緊密を嫌う、④使い馴れた狭い範囲の語を用いる、⑤俳諧の系統と流派を光栄とする〈『俳諧問答』〉と排撃《はいげき》した」（同前、執筆者・草間時彦）とあります。

江戸時代にも写生風の句はありますが、近代以降、写生という態度が尖鋭化し、やがて、さざなみが蛙の目を越えてゆくというような微細な句を生むに至ります。そのことは子規・虚子以降の近代俳句の一つの主要な流れであったといってよいと思います。
ここで子規、虚子及びその流れをくむ俳人の句を拾います。

柿くへば鐘が鳴るなり法隆寺 正岡子規
夏嵐机上の白紙飛び尽す 同
痰《たん》一斗糸瓜《へちま》の水も間にあはず 同
桐一葉日当りながら落ちにけり 高浜虚子
遠山に日の当りたる枯野かな 同
金亀子《こがねむし》擲《なげう》つ闇の深さかな 同
茎右往左往菓子器のさくらんぼ 同
白牡丹といふといへども紅《こう》ほのか 同
赤い椿白い椿と落ちにけり 河東碧梧桐
つぶらかな眼に人をみる蜥蜴《とかげ》かな 飯田蛇笏
芋の露連山影を正しうす 同
咳《せき》の子のなぞなぞあそびきりもなや 中村汀女
引いてやる子の手のぬくき朧《おぼろ》かな 同

いずれも眼前の景やモノやヒトを写生した句です。絶筆三句として知られる「痰一斗《たんいっと》」の句は子規が己の病状を写生した句だといえます。汀女の句は、子供の姿を写生することを通じ、子を慈しむ母親の情感を伝えます。

モノを細かく見ることに徹底すると、次のような句が生まれます。

欠伸《あくび》猫の歯ぐきに浮ける蚤《のみ》を見し　原月舟《はらげつしゅう》

鳰《にほ》の巣のさはりし指に水上る　松藤夏山《まつふじかざん》

蛆虫《うじむし》のちむま〳〵と急ぐかな　同

欠伸《あくび》する猫の歯茎にいる蚤《のみ》。鳰の浮巣に触れたら水流が指を伝って来た。「ちむま〳〵」と這う蛆《うじ》。年代はそれぞれ大正八年、昭和七年、昭和十年です。鳰の巣の句について虚子は「こんな細かい学者の実験のようなことまでもして物を観察して句を作れば、どんな事でも句になる。こんなふうに突き進んだ写生の仕方は、独り我々ホトトギス句壇に在る諸君だけの独特の舞台である」(『虚子俳話録』)といいます。これほど些末《さまつ》なまでにモノを描いた句は、近代写生の一つの到達点(行き着く先)でした。その一方、

山国の蝶《てふ》を荒しと思はずや　高浜虚子

は「思はずや」という大らかな口調と「荒し」という主観語により、山の蝶の精悍《せいかん》な様子を捉えました。このような句を写生の所産ということも可能でしょう。

　虚子は「写生」について次のようにいいます。「写生といふことは解釈の仕様によつては、どこまでも広いことになり、どこまでも深いことになる」（『俳句への道』）。虚子のいうように「写生」を広く解すれば、次のような句も写生といえなくはない。

高嶺星蚕飼《たかねぼしこかひ》の村は寝しづまり　水原秋桜子
冬菊のまとふはおのがひかりのみ　同
ピストルがプールの硬き面《も》にひびき　山口誓子
つきぬけて天上の紺曼珠沙華《まんじゆしやげ》　同
葡萄《ぶだう》食ふ一語一語の如くにて　中村草田男
空は太初の青さ妻より林檎うく　同
冬の水一枝《いつし》の影も欺《あざむ》かず　同
寒雷やびりりびりりと真夜《まよ》の玻璃《はり》　加藤楸邨
ぼうたんの百のゆるるは湯のやうに　森澄雄《もりすみお》

草田男の句は一個ずつ口に運ぶ葡萄《ぶどう》を「一語一語の如く」といい、空の色を「太初の青さ」

という。対象を言葉で描くことが俳句の写生だとすれば、近代俳句の大部分は写生の所産といっても過言ではありません。

虚子のいう通り、写生という言葉はどこまでも広く解せます。厳密な定義に馴染みません。写生という言葉自体がミスリーディングであるという点には注意が必要です。ミスリーディングであるにもかかわらず、写生という態度は、俳句の本質に関わります。以下、そのような論点を二つ取り上げます。

❀「見たまま」「ありのまま」の意味

ここまで写生について、見たまま、ありのままという言い方をして来ました。しかし文字通りの「見たまま」「ありのまま」ということがそもそもあり得るのでしょうか。

① **月や猶《なほ》霧わたる夜に残るらん**　肖柏《しょうはく》（連歌『水無瀬三吟百韻《みなせさんぎんひゃくいん》』の付句）
② **雲霧の暫時《ざんじ》百景をつくしけり**　松尾芭蕉（発句）
③ **霧しぐれ富士をみぬ日ぞ面白き**　同（同）
④ **霧にふね引《ひく》人はちんばか**　岡田野水《おかだやすい》（蕉門連句の付句『冬の日』）
⑤ **霧下りて本郷の鐘七つきく**　坪井杜国《つぼいとこく》（同『冬の日』）
⑥ **霧はらふ鏡に人の影移り**　雨桐《うとう》（同『春の日』）
⑦ **朝霧に日傭揃《ひようそろへ》る貝吹《ふき》て**　小泉孤屋《こいずみこおく》（同『炭俵』）

⑧　**有明や浅間の霧が膳を這ふ**　小林一茶（発句）
⑨　**流燈《りうとう》に下りくる霧の見ゆるかな**　高野素十《たかのすじゅう》（高浜虚子選『ホトトギス雑詠選集』）
⑩　**霧とぶやみな動きをるさるをがせ**　追川瑩風（同）
⑪　**小鳥網張るより霧にかくれけり**　掛木爽風（同）
⑫　**百舌鳥《もず》とまる杭より奥は霧襖《ふすま》**　県越二郎（同）

霧の句を挙げました。①～⑦は、モノを見て写生するというより、事柄を提示する書き方です。⑧は「浅間の霧が膳《ぜん》を這ふ」が、モノが見えるような描写になっています。⑨～⑫は、近代俳句らしい繊細な叙景です。江戸時代の句と比べると、近代俳句はモノをよく見て写生に徹しているように見えます。しかしその結果が本当に「見たまま」「ありのまま」といえるのでしょうか。

流燈《りゅうとう》に霧が下りてくる。霧の中でサルオガセがうごいている。張ったはしから小鳥網《ことりあみ》が霧に隠れてゆく。百舌鳥《もず》のいる杭《くい》より向こうは霧が立ち込めている。そのように書くと、その風景がありありと見えてくるような気がします。しかしそれは本当に「ありのまま」でしょうか。長谷川等伯《はせがわとうはく》「松林図《しょうりんず》」の描く霧の松林は本当に「ありのまま」でしょうか。

もしかすると、絵や言葉の力によって、私たちはそれらしい風景を見たような気にさせられているのかもしれません。虚子は、蕉門《しょうもん》の俳人凡兆《ぼんちょう》の「初潮や鳴門の波の飛脚舟」を「天地の間に此景色を創造した」と評しました（「ホトトギス」明治四十一年七月号）。

長谷川等伯・国宝「松林図屏風」（東京国立博物館蔵）

俳句は小さな詩です。「見たまま」「ありのまま」をなぞるだけなら、ちっぽけなものしか出来ない。しかし、「見たまま」「ありのまま」を描こうとした結果、「見たまま」「ありのまま」以上の何かが見えてくる。

斎藤茂吉の「のど赤き玄鳥ふたつ屋梁にゐて足乳ねの母は死にたまふなり」を例に引いて、品田悦一氏は次のように指摘します（傍点筆者）。

「写生」は「字面にあらはれただけのもの」などではありません。現実の事物・事象を見慣れないものに変えてしまう技法―少なくともそういう可能性を潜在的に有した技法なのです。（略）話者／主人公は上の句では梁《はり》の燕《つばめ》を見上げている。しかし下の句では、死にゆく母を斜めに見下ろしているのです。しかも上三句は、末尾の接続助詞「て」を介して述語「死にたまふなり」に係っていますから、〈燕が梁にとまっていること〉と〈母が死ぬこと〉は並立の関係で、相互に時間的な隔たりはないものと解さなくてはなりません。もちろん、上下を同時に見るなどという芸当は現実には不可能ですから、一首の構図は空間的・時間的に歪んでいることになります。（略）要するにこの一首は、凡俗の了解を裏切るようなしかたで「実相」を「ありの儘」に言語化してのけた（略）

「流燈に下りくる霧」は、燈籠を流しているところに霧が出たのでしょう。それを、流燈をめがけて霧が下りてくる如くに表現したことによって、「ありのまま」である以上に生々しい景が見えてくる。「見たまま」「ありのまま」を目指して詠んだ結果として、それ以上の何かが見えてくる。そこに写生の大きな可能性があります。

❀「写生」一本やりでは限界がある

子規は「月並」を「感情に訴えず智識に訴える」ものとして「排撃」しました（前述）。近代の写生句は、たとえば「夏嵐机上の白紙飛び尽す　子規」のように、特別の「智識」がなくても鑑賞可能です。「月並」を脱するとは「智識」に頼らない句をめざすこと。そこに近代写生の原点があります。「手をついて歌申しあぐる蛙かな」のように故事来歴を踏まえた句は、近代写生にとっては「排撃」すべきものでした。

しかし、俳句・俳諧の面白さは、「智識」を生かした句にもタップリとあります。

からざけに腰する市の翁哉《かな》　与謝蕪村

山の端《は》や海を離るる月も今

同

いずれも面白そうな句ですが、どう鑑賞するかパッと見にわかりにくい。子規や虚子による『蕪村句集』の輪読記録である『蕪村句集講義』の中で「から鮭に」の句を虚子は「から鮭が積み重ねてある上に翁が腰をかけている」と解しました。市の老人をそのまま写生した句として読んだのです。

ところが、この句は謡曲『高砂《たかさご》』の「松根に倚つて腰を摩れば　千年の翠手に満てり」という一節を踏まえています。『高砂』の翁は長寿の象徴の松に寄って腰をさするが、現実の翁は乾鮭で腰をさする、何だか淋しいね、という心持でしょうか。

また「山の端や」の句を、子規は「海辺の山に上り、山の端から海上の月を見ている」と解しました。眼前の景の写生として読んだのです。

しかしこの句は「天の原ふりさけ見れば春日なる三笠の山に出でし月かも　阿倍仲麻呂《あべのなかまろ》」と「みやこにて山の端に見し月なれど海より出でて海にこそ入れ　紀貫之《きのつらゆき》」を踏まえた作。句意は「眼前の山の端から月が出た。かつて仲麻呂や貫之が見たであろう海の月も、今、どこかの海に姿を現したことだろう」といったところです（これらの古歌等を踏まえた蕪村句の解釈は、『蕪村全句集』の他、清登典子氏のいくつかの論考によります）。

清登典子氏によると古歌や謡曲などの故事来歴を伴った句から、「智識」不要の写生句（読めばわかる、見ればわかる句）へのシフトは、すでに蕪村の頃から見られたようですが、近代以降の俳句は写生を研ぎ澄ますことによって「智識」不要の俳句へと傾斜して行ったのです。

俳句の「近代化」という現象を、「連句の中の発句」から「発句（一句独立の俳句）だけの世界」へのシフト、故事来歴を伴った「趣向」から「見たまま・ありのまま」の「写生」へのシフトと捉えるならば、それは、俳句の大衆化のニーズにも応えるものであったともいえます。写生というやり方を身につければ、目の前のモノがそのまま十七音の詩になる――俳句の写生は一面では「大衆」のためのものだったのです。

ドイツ文学者の中野京子氏は「印象派は絵から物語や歴史を切り離そうとした絵画運動」であるといいます。一方「印象派以前の絵画には意味があり、その意味がわからなければ感じることさえできない。そのためには、肖像画であれば、それが誰でどんな功績があった人物か、歴史画であれば、それがどの時代のどんな事件か、神話画であれば、それはギリシャ神話のどの物語か、宗教画であれば、それは聖書のどの場面か、そういった知識が不可欠」だといいます（傍点筆者）。

この言葉に倣えば、近代俳句の写生は、俳句から「智識」を切り離そうとした運動（「智識」に頼る代わりに実際にモノを見る）だといえそうです。写生は数々の名句を生みました。その陰で、前掲の蕪村句のような「趣向」の世界を近代俳句は忘れてきてしまった。写生の功罪をどう考えるかは、近代俳句の大きな課題の一つです。

▼岸本尚毅

▼参考文献
尾形仂他編『俳文学大辞典』（角川書店、一九九六年）
品田悦一『斎藤茂吉　異形の短歌』（新潮選書、二〇一四年）
藤田真一・清登典子編『蕪村全句集』（おうふう、二〇〇〇年）
清登典子「蕪村晩年の発句における趣向」（筑波大学大学院人文社会科学研究科 文芸・言語専攻『文藝言語研究　文藝篇』第四二巻、二〇〇二年）
中野京子『印象派で「近代」を読む』（ＮＨＫ出版新書、二〇一一年）

第９章◉【無季・自由律】むき・じゆうりつ

季語も定型もない俳句とは
どういうものなのでしょう？

俳句の条件

「俳句の条件とは?」と聞かれた時、多くの方は次のように答えるでしょう。「五七五と、季語があること」。無論、五七五は字数で季語は四季を感じさせる言葉です。一例を見てみましょう。「万緑《ばんりょく》の中や吾子《あこ》の歯生えそむる　中村草田男」。五七五のリズムに夏の季語「万緑」、「〜や」という切字。内容はさておき、俳句の条件を備えた有季定型句（季語＋五七五）といえます。

では、次の作品はいかがでしょう。「咳《せき》をしても一人　尾崎放哉」。「咳」は冬の季語ですが、五七五から外れた「三・三・三」のリズムの上、僅か九字で終わります。「何だ、俳句じゃないのか」と片付けられたら良いのですが、教科書には無季自由律俳句と掲載されている。五七五でもなく、「咳」も季語扱いされないのですから、不審を抱かざるをえない。次の句はどうでしょうか。「手品師の指いきいきと地下の街　西東三鬼」。五七五のリズムですが、季語が含まれていないため「季語が無い↓無季」となり、無季句となります。

ここまで来ると何が俳句なのか、分からなくなるのではないでしょうか。とはいえ、鋭い方は簡単なことに気付くかもしれません。「俳人と名乗る作家が詠めば俳句になるのでは」と。これは一面、当たっています。「陽《ひ》へ病む」（大橋裸木《らぼく》の自由律）も俳句、「戦争が廊下の奥に立つてゐた」（渡辺白泉が戦前に詠んだ無季句で、戦時社会を諷刺したと逮捕される遠因になりました）も俳句と見なされました。彼らは詩人や川柳人でなく、俳人として詠んだ作品だからです。

俳句史の流れ

このことを異なる角度で考えてみましょう。教科書に自由律等が掲載されるのは、近現代俳句の流れと関わっているためです。少し振り返ると、明治期に正岡子規が「写生」を提唱し、誰もが納得しうるいかにも俳句らしい景色を詠み続ける従来の俳人を批判しました。「不格好でヘンでも、ありのままの現実から新鮮で面白い出来事をつかみだすのだ、それがマンネリ化した俳句らしさを打破する契機になる」と主張した結果、子規派と他派俳人に大きな違いが生じます。

しづかさや水に椿の落る朝　青岳（江戸期以来の作風を身につけた同時代俳人）

赤い椿白い椿と落ちにけり　河東碧梧桐（子規の弟子格、同郷の俳人）

当時多くの俳人が「これは俳句ですね」と納得したのは右句で、左句は「…それで？」と問い返されかねないヘンな句でした。右句は椿らしい風情を――梅や桜と異なり、椿はそのままの形でほたりと落ちて大きな音がします――芭蕉ばりに風流に詠んだのに対し、碧梧桐句は赤と白の椿が落ちたことのみ詠み、オチを付けず句を終わらせています。十七字で現実そのものを詠むと、このように無意味に近くなるのですが、子規はそれこそマンネリを破る「俳句」と説いたのです。これは過激な発想で、不定形な現実を何でも詠もうとすると五七五や季語等が邪魔になりかねません。実際、早世した子規の衣鉢《いはつ》を継《つ》ぐ碧梧桐が「写生」

革命を推し進めた結果、門人たちが自由律を主張し始め、雑誌「層雲」を中心に自由律が陸続と発表されました。そこで名作を発表したのが種田山頭火《たねださんとうか》（「分け入っても分け入っても青い山」等）や尾崎放哉だったのです。

一方、「写生」と有季定型のバランスを重視し、約束事の中でいかに「写生」を実現するかに腐心したのが高浜虚子でした。彼が率いる「ホトトギス」には才気溢れる若者が集い、虚子も一流の作者だったため昭和期に黄金時代を築きます。しかし、俳句は有季定型で表現しうることのみ詠めばよい、という虚子の醒《さ》めた認識に若手俳人らが反発し、昭和初期に反虚子を公言しつつ無季句も交えて表現世界を拡大させようと試みました。それは新興俳句と呼ばれ、西東三鬼らもその渦中から登場しましたが、彼らは戦時生活や戦場も詠み始めたため（先の渡辺白泉句や「パラシウト天地ノ機銃フト黙ル　三鬼」等）、特高警察に逮捕される事件が起きて運動は壊滅、そのまま敗戦を迎えます。その後、戦地帰りの元新興俳人等が再び俳句に関わり、金子兜太ら社会の諸相を詠んだ句（「湾曲し火傷《かしょう》し爆心地のマラソン」等）が脚光を浴びるようになりました。

これら自由律や無季句に共通するのは、昔ながらの有季定型句への批判として出現した点です。あくまで有季定型派が圧倒的多数で、それに反旗を翻した俳人たちが新時代の表現として自由律や無季定型句に果敢に挑戦した、といえるでしょう。

「俳句的」とは？

このような流れがあるため、教科書には自由律や無季句も掲載されています。実際は、無季定型句は江戸期俳諧の芭蕉等も詠みましたが（自由律の流行は近代特有）、教科書に載ることはありません。学校では、芭蕉らは古典なのだから王道の有季定型句を学べばよいとされるためです。一方、時代が近い近現代俳句は多様な側面を学ぶべきとされるため、教科書に過去百年近くの自由律や無季句も載ります。ただ、「〇〇は俳句史上の作品だから「俳句」」という認識は、「俳人が自作を俳句と見なせば「俳句」になる」という指摘と同様、やや単純といえましょう。過去に俳句として発表されたことと、その句に「俳句的な何か」が宿っているかは別問題だからです。

では、その「何か」が問題になるのですが、一言で示すのは難しい。例えば、次のように問いを立ててみましょう。「ぼうたんの百のゆるるは湯のやうに　森澄雄」「金亀子《こがねむし》擲《なげう》つ闇の深さかな　高浜虚子」、どちらがより「俳句」でしょうか？　……と、真顔で問われても困惑すると思います。いずれも教科書に載る有季定型句なのだから、質問の意図自体が分からない。しかし、ある俳人たちは虚子句に旗をあげるでしょう。結論のみいうと、虚子句の「〜闇の深さかな」はやけに意味深なのです。澄雄句の「〜湯のやうに」は読者も安心して感動できる飛躍した表現ですが、「闇の深さ」はそれのみでは説明しえない生々しい実感が漂っている。いずれにせよ、このような問いをあえて立てたのは、ある種の自由律や無季句が「俳句」である根拠を考えたいためです。

✿中村草田男を例に

ただ、繰り返しますが「俳句的な何か」を実感するのは難しい。ゆえに自由律や無季句等の変化球から入らず、まずは直球勝負で考えてみましょう。教科書の著名な有季定型句、「万緑の中や吾子の歯生えそむる」（冒頭に引用）の「俳句」のありかを確認したいと思います。学校教育では、見渡す限りの新緑に囲まれつつわが子に歯が生え始めた……と、父親の喜びが率直に謳《うた》われた生命讃歌と説かれることが多い。テストでは「万緑・吾子の歯」が「大・小／遠景・近景／緑・白」等の対照をなすことを問われるかもしれませんが、この句はそれのみでしょうか。

まず、対照云々といいますが、「万緑」という景色、つまり初夏の盛んな新緑が地上を覆うように成長する様子と、子どもの極小の歯とを対照させるのは大きさの尺度があまりに異なっており、両者を対比したとすればかなり強引です。それに、「万緑や吾子の歯〜」ならば「万緑／歯」の対照は成立しますが、「万緑の中や吾子の歯〜」とあります。これは両者の対照より、双方の意外な共通点への驚きが込められてはいないでしょうか。冬が終わり、春が過ぎると地上の至る所から草木が恐るべき勢いで繁茂し、世界を緑一色に覆うばかりに成長し始めた「万緑」に呼応するかのようにわが子にも歯が生えてきた、つまり小さな生命も「万緑」溢れる世界の中で力強く何かへ向かって成長しつつあるという発見。それは父としての喜びというより、両者の旺盛な生命力が図らずも響き合うように感じられた驚きが「万緑の中や〜」にあると取るべきでしょう。

このように考えると、「万緑」句は生命自体への驚異の念が中心に感じられてきます。人間の意志や栄枯浮沈と無関係に、自然は夏になると怖ろしいばかりに緑をなし、時期が来るとどの子も桃色の柔らかい歯ぐきから硬い歯が生える。平和でも戦争中でも夏には新緑が繁茂し始め、どんな家庭や育て方であろうと子の歯肉からは骨のように白い歯が姿を現す。個人の喜怒哀楽を超えた、生まれる前からそのように定められた生命のプログラムを目の当たりにした時の、畏怖めいた心情……父親の見開かれた眼には、何とも言いがたい表情が見え隠れするようです。

「万緑」をあえて使ったワケ

仮に「〜吾子の歯生えにけり」であれば、単に父の喜びを詠嘆に込めたといえるかもしれません。しかし、この句は「〜吾子の歯生えそむる」、つまり「生えてきたなあ」と感慨に耽るのでなく、小さな柔らかい肉の盛り上がりから真白で硬い何物かがぬっと姿を現し、今まさに大きくなりつつあること自体を強調したのが「生えそむる」です。男女や性格の良し悪し、親の愛情の多寡や日々の生活とも無関係に突如白い歯は出現し、気付いた時にはすでに成長し始めている。わが子の歯が生えて嬉しいのみでは片付かない、というよりわが子の成長過程で説明のつかない何かを実感してしまった奇妙な居心地の悪さが漂うかに感じられます。

そもそも、「万緑」自体が無茶な季語で、もとは漢詩の一節（「万緑叢中紅一点」）だったのを草田男が独断で季語として用いた（または周囲に認めさせた）語彙です。季語は作者が独り合点して作るものでなく、長年熟成された多くの共感や権威付け（歳時記に載る等）を経て認定されるのが通例なのに、草田男は漢詩から引きちぎるように「万緑」をもぎ取り、初夏の季語と突如宣言したに等しい。あ然とするほど乱暴な表現行為といえるでしょう。

『もののけ姫』のような自然が「万緑」

「新緑の中や吾子の歯生えにけり」云々と、爽やかな初夏を示す「新緑」等でも良さそうなものを、「万緑」（それも「ば」と強烈な濁音で始まる措辞）を季語にするというリスクを冒してまで「吾子の歯」と組み合わせたのは、自然界や人間界に滔々《とうとう》と流れる生命への神秘や畏怖のいりまじった驚異の念を表現したかったため、とは考えられないでしょうか。その点、「万緑」の自然界はアニメ映画『もののけ姫』を連想すると良いかもしれません。タタラ場等の人間界と異なる感覚で統べられた、森の世界。猩々《しょうじょう》は木々を植えても人間が伐採するため憎悪を募らし、夜はディダラボッチが青白く発光して彷徨う……森は人間を容易に立ち入らせない秩序を有し、畏怖に満ちた世界が漂っています。同様に、子どもの歯が生え始めたのは「家族の中・親子関係の中」でなく、自然界がはるか昔から繰り返してきた「万緑の中」なのです。人間界での親や家庭の関係性をすっ飛ばして、夏が訪れると必ず大地から燃えるように緑なす「万緑」が世界を覆い始めるや、旺盛な生命力が渦巻くその中でわが子の口中からも勝手に歯が生え始めた、それを感じてしまった驚き……そこには明快な因果関係や人間讃歌はありません。『もののけ姫』の森やシシ神たちのように、なぜか知らないが自然界はそのように生成しては滅び続け、人間も気付けばこの世に生まれ、ある時期に歯が生え、思春期を迎え、老いゆく……個人ではどうにもならない、不条理じみた摂理の中で私たちは生きてしまっている、その謎めいた居心地の悪さ。「万緑」句の表現を注意深く探ると、これらの生々しい何かが見え隠れするのです。

「俳句」とは

草田男句が凄いのは、それにも関わらず目の前のわが子は心底愛らしく、あんな小さな口の中からちゃんと歯が生えてきた、何と素晴らしい……父や人としての喜びをも読者に感じさせる点にあります。では、「個人の意志を超えた生命力への畏怖」「父親としてわが子の成長を喜ぶ心情」のどちらかが正しいのか？　どちらも正しく、どちらも入りまじった作品ゆえに「俳句」なのです。子の成長を嬉しく想う親の心情と、それと齟齬を来しかねない奇妙な実感が相反しながら十七字に織りこまれている。作者が考えた唯一の正解はどちらかでなく、どちらも混じりあいながら生々しく読者に迫るのが「俳句」といえます。単に五七五や季語のある句でなく、何か奇妙なものの発見や一種の驚き、違和感やずれのような実感がやけに漂う作品であり、それまで当然と信じ、疑問に感じなかったことが何かの体験を契機に「…？」と感じ、常識や先入観が不安定に陥った瞬間の生々しさが読者に伝わってくる、その何かが宿っていれば「俳句」であり、自由律や無季句でもそういう手触りがあれば「俳句」

である、とひとまずいえるでしょう。

自由律における「俳句」

では、自由律の「俳句」とはいかなる姿なのでしょうか。教科書で有名なのは種田山頭火と尾崎放哉ですが、放哉句の方が強烈に「俳句」といえます。

大空のました帽子かぶらず
足のうら洗へば白くなる
墓のうらに廻《まは》る

（放哉句集『大空』より）

なぜ「ました」なのか、「洗へば」と限定しなければならないのか。「墓のうしろに廻った」であれば墓石裏の碑文《ひぶん》が気になったとか、隠れんぼのように墓石後ろに身を潜めて興がった等と推測できますが、「墓のうらに廻る」と言われた途端、「うら」という言葉の含みが奇妙に増幅し、「うら」の意味を深読みしたくなってしまう。しかも句はあまりに短く終わるため、内容に還元しえないまま――「（誰かが）墓石の裏に廻った」とまとめてもやけに意味深な「うら」の語感を説明したことにはなりません――、「うら」の妙な存在感だけが漂うかのようです。

本章冒頭に引用した「咳をしても一人」も興味深い「俳句」です。単に深い孤独を強調した句というより、そのような境遇に慣れきった自分をむしろ自虐気味に興がっているのではないか。孤独か否かは主張するほどのことでなく、もはや当然の状態で、そんな自身に改めて驚いてみせた感じが「も」に漂っている。それは寂しいに決まっているが、咳をしてもしなくても「一人」で居過ぎた自分がどこか間抜けで、何やら可笑しい。「咳をしても私は一人なんだなあ」と感慨に浸ること自体がずれているような、それでも切ないような、むしろ感傷的に自分を慰めるようでもあり、やはり誰かに構ってほしい甘えもあれば、「一人」で居ることとの自然さを確認しているようでもあり……草田男の「万緑」句のように矛盾した心情等が絡みあい、謎めいたまま生々しく迫ってはこないでしょうか。種田山頭火にも似たことがいえるでしょう。「うしろすがたのしぐれてゆくか」等、内容を表現しただけの言葉と異なる奇妙な実感が宿っています。

無季句における「俳句」

昭和期の新興俳句以降、多くの俳人が季語を捨てるという——十七字の超短詩において、僅かな言葉で多くの連想を誘う季語に頼らないのは相当な賭けです——分の悪い挑戦の末、次のような名品を詠みえています。

広島や卵食ふ時口開く　西東三鬼

湾曲し火傷《かしよう》し爆心地のマラソン　金子兜太

ローソクもつてみんなはなれてゆきむほん
後ろにも髪脱け落つる山河かな

阿部完市《あべかんいち》
永田耕衣《ながたこうい》

原爆の落ちた「広島」で、ドロリとした卵を「食ふ時」に「口（が）開く」という三鬼句の妙な生々しさ。開かれた口の奥には虚無じみた闇が広がるかのようです。「湾曲し火傷し爆心地の」とギラギラした措辞を大雑把に重ねて原爆を喚起させる内容を強調しながら、末尾を「マラソン」と拍子抜けするほど平和なスポーツで締め括る兜太句は、深刻な内容に反して脱力じみたユーモアが漂っています。「ローソクもつてみんなはなれてゆき」と平仮名を連ね、ゆったりした速度で非現実感を醸成しつつ――「みんなはなれてゆき」が浮遊感を伴う意味深な言葉として迫ってきます――、最後の「むほん（謀叛）」であっと驚かせる完市句。最後の耕衣句も奇妙で、なぜ「後ろにも髪（が）抜け落つる」事態なのか、まるで分からない。年を取ったためか、病気なのか。そもそも後頭部の髪が抜けたというより、「後ろ（の方）にも」という限定が奇異な上、一句は突如「山河かな」と詠嘆調で閉じてしまいます。「国破れて山河あり」（杜甫の漢詩）を響かせつつ、人間社会の出来事である「後ろにも髪脱け落つる」と、常に変わらない自然の「山河」とを対比させたのか……いや、どうも収まりが悪い。「山河かな」の格調高い詠嘆と、「髪脱け落つる」という俗世間の人間臭い――深刻ながらも格好が悪いような、ユーモラスでもあるような――現象とのギャップが大きすぎるため、すっきりした結論や内容をもたらしません。その結果、「後ろにも・髪脱け落つる・山河」それぞれが意味深に漂う世界が現出しています。

ところで、これら無季句の傑作はいずれも季語に匹敵する言葉を句の主軸に据え、そこから多くの連想を導いていています。「広島・爆心地・むほん・山河」は各句中で多くの想像を誘うよう機能しており、そこに彼らの腕の冴えがあるといえるでしょう。

自由律や無季句を貫く「俳句」性とは

「俳句」はただ奇を衒《てら》った句でなく、無意味なことを強調しただけでもありません。私たちの常識や習慣に照らし合わせつつ、作者の主張や内容等を理解しようとすれば、それなりに出来ます。同時に、それのみでは把握できない何かが作品内に漂っており、しかも相反する感情や矛盾した意味が平気で共存し、妙な生々しさすら宿っているのです。例えば、私たちは広島以外の各地でも卵を食し、生卵や茹《ゆ》で卵を食べる時は当然ながら口を開けます。しかし、「広島や卵食ふ時口開く」と詠まれた途端、それは「広島」の何かを象徴する意味深な行為に感じられてしまう。その何かは原爆の惨状を訴えて平和を希求するわけでなく、かといって無関係でもなさそうです。あるいは、私たちは風邪を引くと「せきをしても一人」となることもあるでしょう。しかし、「せきをしても一人」という作品ほどに自身が「一人」であることを発見し、味わいつつ問い詰め、見つめる瞬間を過ごすはずもなく、早く風邪を治して翌日以降に備えるものです。その点、「俳句」とは読者も共有しうるこの世の体験や常識を借りながら、それを揺るがしかねない不穏な、奇妙かつユーモラスで謎めいた何かを気付かせる作品といえるかもしれません。日々の暮らしでそれとなく感じつつも言葉にしようとしないもの、または気付かない方がむしろ良い何かが、実は私たちの心中や身の回りに数多く潜んでいることを、黙って明るみに出す。それを見た私たちは恐れを抱くべきか、笑ってよいのか、哀しみつつ喜んだ方がよいかは一概にいえないが、とにかくその何かは妙に存在感がある……それが一種の迫力とともに宿った作品であれば、自由律や無季俳句でも「俳句」として称えるべきでしょう。

　文芸批評家の小林秀雄は、かつて次のように述べました。「優れた芸術作品は、必ず言うに言われぬあるものを表現していて、（略）僕らはやむなく口を噤《つぐ》むのであるが、一方、この沈黙は空虚ではなく感動に充ちているから、何かを語ろうとする衝動を抑えがたく、しかも、口を開けば嘘になるという意識を眠らせてはならぬ。（略）美というものは、現実にある一つの抗しがたい力であって、妙な言い方をするようだが、普通一般に考えられているよりも実ははるかに美しくもなく愉快でもない」（『モオツアルト』）。特に後半箇所を味読しえた方は、次の自由律と無季句も「俳句」であることを得心するでしょう。

爪切つた指が十本ある　尾崎放哉

しんしんと肺碧きまで海の旅　篠原鳳作《しのはらほうさく》

▼青木亮人

▼参考文献

『尾崎放哉句集』（岩波文庫、二〇〇七年）
『山頭火句集』（ちくま文庫、一九九六年）
『俳文学大辞典』（角川書店、一九九五年）所収「無季俳句」「自由律」項目
川名大『昭和俳句の検証』（笠間書院、二〇一五年）所収「昭和俳句表現史」「戦後俳句の検証」章

第10章◉【国際俳句】こくさいはいく

世界中で
ハイクが詠まれているのは
なぜでしょう？

俳句の二十一世紀

山々の
森明暗に
俳句満つ

On the green mountains
the woods in light and shadow.
Fertile haiku ground.

ヘルマン・ファン・ロンパイ Herman Van Rompuy（ベルギー）（木村聡雄和訳）

この俳句は、初代ＥＵ大統領ヘルマン・ファン・ロンパイ氏の作品です。大統領は多言語による個人句集を二冊出版しているほど俳句に熱心で、今日の海外の俳人の代表者のひとりと考えられています。ファン・ロンパイ氏は在職中の二〇一四年にＥＵ本部があるブリュッセルで俳句講演を行い、任期満了後の翌一五年六月には東京の駐日ＥＵ大使館において俳句シンポジウムを開いています。両講演とも筆者が司会を務めたのですが、なかでも印象に残ったのは大統領の講演での「俳句は世界を優しく征服する」という言葉でした。世界の数十の国々で、いわゆる俳人／詩人だけでなく、ごく一般の愛好家たちもそれぞれの母国語で俳句を楽しんでいる状況を知れば、この言葉が的を射ていることは理解されることでしょう。

至るところ俳句

海外ではどのような俳句が詠まれているのでしょうか。その作品例を地域ごとにいくつか見て行きましょう。基本的には母国語で書かれていますが、世界に発信したい人々は英訳もつけています。ここでは読者の便宜のため、和訳と主に英訳を挙げておきます。（和訳はすべて木村聡雄）

髪に霜
未来は
記憶からなれば

frost touched hair
future consists
of memories

ディートマー・タフナー　Dietmar Tauchner（オーストリア）

オーストリアはドイツ俳句協会との交流もあり、こうした観念的な俳句も見られます。

まばたきや
宇宙の一部
我がうちに

Blink of an eye:
a part of the universe
remains within me

エカテリナ・ネアゴエ　Ecaterina Neagoe（ルーマニア）

東欧は特に俳句が盛んで、ルーマニア俳句協会は一九九一年に設立されました。

空に半月

half-lit Moon in the sky

もう半分の
話を作ろう

I invent stories
about the other half

スタンカ・ボネヴァ　Stanka Boneva（ブルガリア）

この句では、民話的要素を題材にして東欧らしい独自の俳句世界が詠まれています。

雪片の
一瞬とどまり
地は遥か

a snowflake's
momentary pause
the ground so far below

ジェレミー・ダズ　Jeremy Das（イギリス）

イギリス俳句協会は一九九〇年創設、筆者もロンドンの大会に参加したことがあります。

瀑布《ばくふ》にて
ときには答
ときに…風

at the waterfall
sometimes I feel an answer
sometimes . . . the wind

パトリシア・J・マクミラー　Patricia J. MacMiller（アメリカ）

アメリカ俳句協会創立は一九六八年、日本以外では最古で、俳人数、作品・評論数で海外の中心です。

俳句とは
百の眼
割れた鏡の破片

Haiku
Hundred eyes
shattered mirrors' debris

アブデルカデール・ジャムッスィ Abdelkader Jamoussi（モロッコ）

作者は駐日モロッコ外交官。かの国から見た俳句のイメージを句にしたと言えるでしょう。

金の絹
地平線は
羽広げ

Golden silk
the horizon
opening its wings

アグア・エン・モビミエント Agua en movimiento（メキシコ）

日本の裏側の南米にも俳句は届いていますが、人数ではまだ発展のさなかにあるようです。

大空に鷲《わし》
詩は飛翔
記憶の地へと

An eagle in the immense sky
poetry flies
towards the Land of memory

ディン・ニャットハイン Đinh Nhât Hạnh（ベトナム）

ベトナムでは近年急速に俳句が普及してきましたが、掲出句はハノイ俳句クラブ代表者の作品です。

御伽《おとぎ》工房の幻
夢をさまよえば
街の心目覚める

A vision of fairy studios
wandering around on a dreamy land
a town's soul awakes

ウルジン・フレルバータル　Urjin Khurelbaatar（モンゴル）

モンゴルでも俳句は徐々に浸透しつつありますが、今後さらなる発展が期待されます。

小庭の廊に風
簾《すだれ》を隔て坐し蝶看る
詩書幾章か

風回小庭廊、
隔簾坐看粉蝶忙。
詩書閑幾章。

一地清愁　Yidiqingchou（中国）

漢俳学会は二〇〇五年創設。他の流派では三四三型の試みもあり、必ずしも定型とは言えません。

三行自由詩

海外の俳句と日本の俳句について形式の点から比べてみましょう。日本の俳句は自由律を除いて五七五の十七音が基本ですが、外国語による俳句では当然のことながら五七五の十七音という韻律はありません。世界のそれぞれの言語で書かれている俳句の形態は三行詩を基本としていますが、これは明治時代に俳句がヨーロッパに紹介されたときに五七五の各句を三行に分けて訳したものが多く、それが定着したと考えられています。三行詩と言いましたが、外国語俳句の中には日本の原型に倣って一行で書こうとするもの、あるいは二行から数行のものも少数ながら見られます。また、十七シラブルなどを用いて日本風の五七五の定型にこだわろうとするものもありますが、外国語の詩において韻律上必ずしも美的なリズムであるとは限らないのでこれも少数派です。結局、日本の俳句は基本的に一行書きの定型詩で外在律ですが、世界の俳句では、五七五の定型は事実上三行を基本とした自由詩の内在律へと変形されていると言えます。

自然とそのほかの主題

日本の俳句には季語を詠み込む習慣があります。季節の言葉は自然に即した農耕中心の日本古来の生活と直結していて分かりやすく、また座の挨拶の表現としても有用で広く受け入れられてきました。一方、海外では日本で蓄積されてきたような歳時記は歴史的には存在しませんが、伝統的に季語を持たなくとも日本の俳句に倣《なら》いたいと思う海外俳人たちもいました。そこで、季題や季感の代わりに自然を詠う短詩と自由に読み替えたのでした。その結果、海外では俳句は自然の詩であるという考え方が生まれましたが、これは虚子の言う花鳥諷詠《かちょうふうえい》とは異なる考え方です。

一方、自由な主題を目指す人たちも多く存在します。筆者は二〇一六年八月にルーマニア大使館を訪ね、俳人でもあるラドゥ・シェルバン駐日ルーマニア大使（当時）とお話しする機会を得ました。シェルバン氏は、「ルーマニアは二十世紀初頭のダダ運動の創始者トリスタン・

ツァラを生んだ国でもあり、日本式の伝統的俳句以外にもより自由な俳句があるべき」と熱く語っていました。海外では詩（俳句）は自己表現と考えられているので、俳句は自然詩との主張が存在することを理解したうえで、あえてそれとはまったく違う自分だけの表現を追求しようという、日本の無季派にも通じるような俳人も多数存在します。他方、海外のいわゆる自然派の俳人の側でも、自分たちとは全く違う立場の俳句を相手の個人の表現として大いに尊重しているのです。

日本発、世界へ

俳句が世界へと広まって行った歴史を簡単に振り返っておきましょう。俳句が初めて海外に伝えられたのは明治期です。一九世紀後半、日本は開国の後に近代的国家を造ろうと西欧化を進めました。ヨーロッパからそれぞれの分野の専門家たちを招きましたが、その人たちが西欧に俳諧の発句や俳句を紹介したのでした。紹介者の中には小泉八雲《こいずみやくも》（ラフカディオ・ハーン）もいました。しかしながら、一九世紀末の時点ではまだ西欧で発句や俳句に惹かれる人はほとんど現れませんでした。一九一〇年代になると、アメリカ詩人エズラ・パウンドが俳句的な詩を発表して、他の詩人たちも興味を持ち始めました。やがて第二次大戦前後にH・G・ヘンダソンやR・H・ブライスらにより古典俳句のさらなる翻訳がなされました。一九五〇年代にはジャック・ケルアックらビート詩人たちが禅や俳句に傾倒してゆき、自ら俳句を詠み始めました。戦後のアメリカでは詩人が俳句も書くようになり、さらに一般の人々の間でも俳句への興味が高まりました。二〇世紀後半以降世界中に広まり、今日、俳句を書く人はますます増えつつあります。

短さが意味すること

二十一世紀に俳句が世界中で詠まれているのはなぜでしょうか。最大の理由は、確かにその「短さ」にあると考えられます。前ルーマニア大使ラドゥ・シェルバン氏は「俳句は、詩の美しさはそのままに、これほど短い」と語っていました。西欧世界では詩の意義が社会的に高く評価されていて、詩というものに憧れを抱いている人々も少なくありません。とはいえ、日本でも海外でも、一般の人がみずから詩を日常的に書くことは容易ではありませんし、いずれの国でも実際の詩人の数は決して多くありません。ところが俳句なら短くて構成も単純化できるので、子供から大人まで折に触れて書いてみることができます。

俳句が西欧に紹介されて以来、短さそのものが彼らにとって驚きだったと言えるでしょう。西欧の詩の伝統とは全く異なるからです。神話や民族の歴史を物語る長編の叙事詩は、古代のホメーロスから中世にかけて栄え近世のミルトンの頃まで続きます。個人の感情を詠う抒情詩も含め、西欧詩の伝統では、曖昧でないよう言葉で記述すべきと信じられてきました。『新約聖書』「ヨハネによる福音書」の「初めに言《ことば》があった。」という冒頭部分に象徴されるように、言葉を信頼し、言葉によって真実が語られるべきというのです。しかし俳句は短いため、言葉では書かれていない部分に真実が隠されていることがあります。俳句の紹介によって、語り尽くさずとも高い次元で詩が成立し得ると気づかされたのでした。短さゆえの、空白（静寂）が持つこうした逆説的な意味性そのものが、現在、世界に広がる俳句の不思議な魅力のひとつでもあるでしょう。

極東の島国への興味

短詩が詩として有効であることが西欧において新たに認識されたとしても、短さを志向するだけならば、わざわざ俳句によらなくても各国の詩の伝統に沿って短い詩を書けばいいわけで、俳句が世界に広がった説明にはなりません。では、なぜ俳句なのでしょうか。

筆者の考えでは、世界の人々を短詩ではなく俳句へ向かわせるその根底には、東洋的なものへの興味（東洋趣味／オリエンタリズム）があると思われます。前駐日スウェーデン大使のラーシュ・ヴァリエ氏は個人句集も出版している俳人ですが、日本研究で博士号を取得、京都大学への留学経験もあります。筆者は二〇一六年二月、お話を伺うためにヴァリエ氏とお会いする機会がありました。ヴァリエ氏は「俳句の魅力は、短いにもかかわらず多くの事象を扱える点にある」と語っていましたが、俳句だけでなく、目下の興味は「浮世絵の素晴らしさをもっとスウェーデンに伝えること」とも話してくれました。俳句が初めて海外に紹介された一九世紀末、ヨーロッパで東洋への興味が芽生えたものの、当時その対象は文学というより美術へ向かったのでした。一八六七年のパリ万博で浮世絵がフランスを中心に注目を浴びた結果、印象派のゴッホ、モネ、ルノワールらがそれぞれにジャポニスムという非西欧的美を追求したことはよく知られています。

それからおよそ半世紀と少し後の第二次大戦後、日本による死の灰からの奇跡的復興と高度成長は対戦相手であったアメリカ人に対して東洋へと目を向けさせることになりました。技術面では、たとえば当時のホンダの小型バイクやソニーのトランジスターラジオなどが日本からの輸出品の代表でした。これらは超小型高性能によって受け入れられたのですが、小さくて優れていることは俳句を連想させるようです。他方、精神文化の面では、六〇年代アメリカはカウンター・カルチャー運動などを通して既存の西欧的価値観を問い直そうとした時期で、知識層や若者・ヒッピーたちが禅（座禅）を「発見」し、日本という極東の島国への興味が一層高まりました。今日でも海外の俳人のなかには日本通も見られ、筆者がシカゴ近郊でアメリカ俳句協会大会基調講演（二〇一三年九月）を行った折には、アメリカ俳人たちが実に細かな日本の事柄（たとえば神社仏閣や日本文化の詳細）について、得意そうに私に話してくれたことを覚えています。

俳句への憧れ

日本の美術や禅への興味はさらに俳句へと集約されて行きました。戦後まもなく、前述のブライスが仏教学者の鈴木大拙《すずきだいせつ》の影響のもとに、禅と俳句を結びつけて紹介しました。ブライスは禅問答と俳句表現との言葉を超えた直観性を探ろうとしたのですが、それらは欧米の知識人にとって西欧的価値観が揺るがされるほどの衝撃的な美意識と感じられたことでしょう。加えて、海外の人々を俳句形式に惹きつける「象徴」の存在が決定的な要因となったのでした。松尾芭蕉です。その作品に加え、俳句の旅も彼らの心を掴んだと言えるでしょう。二〇一五年九月に国文学研究資料館で国際俳句シンポジウムが開催されました（司会：深沢眞二、パネリスト：リー・ガーガ、木村聡雄ほか）。そこでは、筆者の俳句仲間でもあるアメリカ俳句協会元会長ガーガ氏が、芭蕉は今やアメリカの子供向けアニメ『シンプソンズ』にも引用されるほどの日本文学／文化の象徴であると指摘しました。実際、「古池や蛙飛びこむ水の音」もいくつかの英訳によって広く知られています。

Old pond — frogs jumped in — sound of water.

Basho (Translated by Lafcadio Hearn)

The ancient pond
A frog leaps in
The sound of water

Basho (Translated by Donald Keene)

俳句のイメージは芭蕉と結びついて、世界や日本の他の詩形とは明確に区別される詩形となっています。一連の日本趣味は視点を一八〇度ずらせば、われわれが明治以降二〇世紀を通して各分野において欧米に憧れを抱いてきたエキゾティズムの裏返しでもあるでしょう。浮世絵から百余年後に現れた新たなジャポニスムと重なり合い、俳句は世界の人々にある種の憧れを感じさせるような詩形であると言えるでしょう。そうした憧れこそが、俳句が世界中で詠まれるもうひとつの理由と考えられるのではないでしょうか。

国際俳句とは何か

国際俳句とは、我々日本人にとって一体どのような意味を持つのでしょうか。俳句が世界で愛され、詠まれていることは喜ばしいことです。ときには不思議な外国語俳句に出会うこともあるかもしれませんがそれさえも愉快なことではないでしょうか。ところでわが国に目を向けると、非日本語で書かれた俳句やその和訳を、「俳句」ではなく「ハイク／HAIKU」と表記することが少なくありません。これはなぜでしょうか。前スウェーデン大使のヴァリエ氏は、「現在の日本の俳句は、伝統的な形式や法則に捉われすぎている」と語っていました。俳句には伝統性が強く残っているので、日本の俳句関係者の中には、海外の俳句と自分たちが理解している俳句（例えば有季定型）との間に距離感を覚える人がいるためかもしれません。

結局、世界の俳句を読むということは、異なる視点から我々自身の俳句を見つめ直すことであるように思われます。「俳句とは何か」という根源的な問いに対して、伝統性のみならず「普遍的、世界的視点」から考えるということです。これまで論じてきたように、俳句はすでに世界詩として成立していると言っても過言ではないでしょう。海外の俳句を読んで気づくことは、「三行自由詩」型がすでに世界を覆い尽くしているということです。これを俳句の亜流（「俳句」でなく「ハイク」）とするのは世界的論点からは難しそうです。俳句を詠む人の数から言えばまだまだ日本が圧倒的ですが、実は十七音定型詩は日本だけです。我々からすれば、それは言語の違いから当然のことと考えるわけですが、世界の国々に目を移すと、それぞれ言語が全く異なるにも関わらず形式はほぼ同一です。本家の日本だけは特別という論理は二十一世紀の世界ではどのように映るのでしょうか。

俳句形式の根拠については、日本の多くの俳人同様、筆者自身も五七五という韻律に宿るのではないかと感じています。とはいえ、世界の人が俳句に憧れ、「私も母国語で俳句を書きます」と我々に微笑みかけてくれるその時に、こちらから、外国語の「ハイク」は日本の「俳句」とは違うものですよと言って差異を強調すべきなのでしょうか。日本と世界の俳句には実際隔たりがあるでしょうが、「世界詩としての俳句」の普遍的性質についての議論はまだ始められてもいないのです。そこで我々の第一歩としては、彼らが抱く俳句への憧れを素直に喜び、国際俳句の現状を受け入れるところから始めてはどうでしょうか。隔たりを認識したうえで他者の表現を尊重し、それもまた俳句であると認めるところから、やっと議論が始まるように思われます。いずれにせよ二十一世紀には、我々日本人も地球規模で「俳句」を考える必要に迫られていることは確かなようです。

▼木村聡雄

▼参考文献
松尾芭蕉『おくの細道　英文収録』(ドナルド・キーン訳)(講談社学術文庫、二〇〇七年)
R・H・ブライス『俳句』(村松友次、三石庸子訳)(永田書房、二〇〇四年)
佐藤和夫『海を越えた俳句』(丸善、一九九一年)
内田園生『世界に広がる俳句』(角川書店、二〇〇五年)
有馬朗人ほか『欧州と日本の俳句』(国際俳句交流協会、二〇一四年)

◉おわりに

どうすれば、俳句はおもしろく読めるのか、楽しく学べるのか

俳句的視点を身につける

夏目漱石に『草枕《くさまくら》』という小説があります。かなり変わった小説で、漱石自身「世間普通にいふ小説とは全く反対の意味で」書いた「俳句的小説」（「余が『草枕』」）だ、と言っています。普通小説というものは、「犯人は誰か」「主人公は助かるのか」「二人の男女は結ばれるのか」といった「謎」を設定し、読者をそこに引きずり込んでゆく仕掛けを用意しています。ところが、『草枕』という小説は、そういう「プロット」も「事件の発展」もなく、ただ「美しい感じが読者の頭に残りさえすればよい」として書かれたものだと漱石は言うのです。こんな「美を生命とする俳句的小説」があってもいいではないか、と。

確かに、俳句の短さは、ストーリーを仕掛けるのにあまり向いていません。漱石が言うように、俳句が全て「美を生命とする」か、と言えば必ずしもそうではなく、滑稽や無季の句の中にはそうとは言えないものがあることは、本書も説くところです。しかし、ある種の印象を読者に伝えようとすることに徹底するなら、俳句の小ささは逆に武器となります。まるでインターネット上にアップする日常の一コマを切り取った写真のように。

「俳句的小説」というだけあって、『草枕』にはそうした俳句をめぐる事情を象徴するような場面があります。主人公の画工（絵描き）が、観音寺というお寺を春の宵に訪ねた折のことです。この画工は、癇癪《かんしゃく》持ちで精神的に疲弊していた漱石の分身らしく、「世の中はしつこい、毒々しい、こせこせした、その上ずうずうしい、いやな奴で埋《うず》まっている」と自分の嫌いな人間のことをしばらくは執拗《しつよう》に攻撃していますが、やがて、春の宵に何の方針もたてず歩いている方が「高尚」だと気分をやわらげ、木蓮《もくれん》の花に出会います。木蓮を「写生」してゆく漱石の、「切れ」のある描写を全文引く余裕がないのは残念ですが、木蓮の大きさから、高さに視点を移し、屋根の上高く枝を伸ばしながら、これほど高い木なら普通は下から眺めて空が見えないのに、木蓮だけは「いくら枝が重なっても、枝と枝の間はほがらかに隙《す》いている」と、高々と花が目立って咲く特徴を、的確に、かつ愛情を込めて描写していきます。漱石の眼はさらに木蓮の色に及び、「花の色は無論純白ではない。徒らに白いのは寒過ぎる。専らに白いのはわざと避けて、あたたかみのある淡黄《たんこう》に、奥床しくも自らを卑下している」と闇に浮かぶ木蓮の色の柔らかみを描き切った上で、

木蓮の花許《ばか》りなる空を瞻《み》る

の句を得、「どこやらで、鳩がやさしく鳴き合うている」と音を添えて、あのとげとげしい毒舌はどこへやら、春の宵のひとときを楽しむ世界に読者を引き込みます。「瞻る」という難しい字を選んでいるのは、漢詩を詠んだ漱石のこだわりで、目を見開き、じっと見入るという意味で、たいてい視られる対象は、美しく、高いところにあったりします。ともかくこの文章は、木蓮をこのように的確に観察したことのない人間にも、「花許りなる空」というこの句に唯一あるレトリックの意味が了解できるように「描写」がなされていたわけです。

俳句の面白さとは、このように、わずかな素材と、たった一つのレトリックに込めた「感じ」を読み取るところにあると言っていいでしょう。そのためには、多少のルールを了解しておくことが不可欠です。「木蓮」という季語とその季感を知ること、「花許りなる空」という表現の背後に「省略」された世界とは何なのかに注目すること、「許りなる」「瞻る」と「る」が繰り返される「リズム」や「文語」の効果を考えること等々、本書を読まれた方は、読む以前よりも、この小さな詩を自力で読み解く視点を確実に得られたことでしょう。そして、漱石の、木蓮の花の位置や色の特性への観察の行き届いた「写生」の眼に感嘆し、たとえ俳句を詠まなくても、木蓮を見つけるたびに、そのような「感じ」で見、場合によっては写真に撮ろうとする衝動に駆られることでしょう。

そういう「視点」を得られることこそ、本書の「ねらい」でありました。

日本語表現のエッセンス

俳句は、その成立からしても、「和歌」や「連歌」「俳諧」の「断片」に過ぎません。しかし、「断片」であるがゆえに、「句会」に集まって鑑賞しあう楽しみがあり、日常の中に余裕（ユーモア）のある、少し抜けたところのある視線をもたらし、時には季節の世界を離れて、長く言葉を費やしては言い表せないような微妙な感情の混ざりあいをも表現し、ついには言葉の壁を超えてその楽しみを世界にまで飛躍させようとしています。漱石が、自らの「俳句的小説」に、「旅」を意味する「草枕」というタイトルを選んだのは象徴的です。俳句は、ルールさえ知れば、誰でも楽しめる、日常の中の「旅」の世界に我々を誘います。そして、このユニークな文芸自身がたどってきた「旅」も、その小ささとは反比例するかのように、豊かで可能性に満ち溢れていました。

本書は、『和歌のルール』の姉妹編としても書かれました。そのあとがきには、「和歌は、自然（景）と人間（心）が重なるところに表現されます。日本人はそういう感受性と表現を千年以上も前から磨いてきました」とあります。俳句は、その「伝統」の上に新たな展開を見せ、世界にも通じる可能性を開拓してきました。

それだけではありません。漱石の親友だった、正岡子規や高浜虚子は、俳句のこうした特性を生かして、「写生文」という形で、現代語の文章を開拓しましたし、尾崎紅葉や幸田露伴など欧米の小説の模倣だけではない小説の可能性を切り開いた作家たちは、俳句への造詣が深く、やはり俳諧師だった井原西鶴の、エッジの利いた「切れ」のある文体を発見し、これに学びました。俳句に親しんだ作家を挙げれば、永井荷風・芥川龍之介・久保田万太郎・宮沢賢治・三好達治・松本清張・藤沢周平・寺山修司と綺羅星のごとく名前が浮かびます。

「描写」は、すべての文章の基本です。極小の器である俳句の表現とそれを成り立たせる視点は、日本語の勘所であることが自ずと見えてくることでしょう。この本は、俳句を読む／詠むことにとどまらず、よりよい写真を撮ったり、人の心を動かす文章を書いたりすることへの大切なヒントをも内蔵しているものと確信しています。

▼井上泰至

◉俳句用語解説

本意（ほい）
和歌に詠まれる事物の本来的な性質・情趣・あり方をいう。和歌に発した本意は、連歌では付合《つけあい》、俳諧では季題に関していわれることが多い。

連歌（れんが）
長句《ちょうく》（上の句）と短句《たんく》（下の句）を交互に連ねていく形態。百韻《ひゃくいん》（百句）が基本形式で、五十韻《ごじゅういん》（五十句）・世吉《よよし》（四十四句）・歌仙《かせん》（三十六句）があり、場合によっては千句・万句の興行もある。

勅撰集（ちょくせんしゅう）
勅を受けて撰ばれた公的歌集。勅撰和歌集。『古今集』から『新続古今集』までの二十一代集をさす。春・夏・秋・冬・恋・雑の部立ては、連歌・俳諧に影響した。

俳諧（はいかい）
和歌・連歌の雅《が》に対し、俗《ぞく》を特徴とする。近世期に印刷術進歩と俳諧自体の手軽さから、爆発的な進展を遂げた。次第に、連句離れが進み、発句の独詠化により「俳句」と呼ばれるようになった。

歳時記（さいじき）
季語・季題を四季別に分類し、解説や例句を添えて整理したもの。現代では、四季に新年を加え、その中を時候・

天文・地理・人事・動物・植物に分けるのが一般的。

百韻（ひゃくいん）

連歌・俳諧における基本的な作品形態で、百句を一巻とする。第一句（五・七・五）を発句、第二句（七・七）を脇、第三句（五・七・五）を第三と呼び、第百句の挙句《あげく》で終わる。

独吟（どくぎん）

連歌や連句において、一人で全句詠むこと。その作品。

題詠（だいえい）

設定された題に即して詠むこと。題の本情（趣意）を捉えて詠むことが求められた。題の種類には、四季・恋・雑・名所・離別《りべつ》・羈旅《きりょ》・賀・哀傷などがある。

雑詠（ざつえい）

課題詠・題詠に対して、題を設けずに詠む自由詠のこと。

兼題（けんだい）

会に先立ちあらかじめ題を提示しておいて詠むこと。その題。その作品。「兼日題《けんじつだい》」ともいう。

席題（せきだい）

会の席上、その場で題を出して詠むこと。その題。その作品。「即題」「当座」ともいう。

嘱目（しょくもく）

特に題を定めず、現実のありさまを観察し、目に触れ、耳に聞こえたものを材料にして句を詠む方法をいう。

互選（ごせん）

句会において、出句者がお互いに選句し合うこと。

第二芸術（だいにげいじゅつ）
フランス文学者で文芸評論家の桑原武夫《くわばらたけお》が現代俳句を「第二芸術」と位置づけた論文「第二芸術―現代俳句について―」による。

短連歌（たんれんが）
五・七・五の長句に対して、七・七の短句を付けたり、短句に対して長句を付けたりする二句一連の付合による連歌。近代の連歌史叙述上から名付けられたもの。

長連歌（ちょうれんが）
五・七・五の長句と七・七の短句を交互に付け、三句以上連続させたもの。鎖連歌《くさりれんが》ともいう。鎌倉時代初期以降、連歌と言えば長連歌を指す。近代の連歌史叙述上から名付けられたもの。

俳言（はいごん）
俳諧用語。和歌・連歌に用いない言葉ではあるが、俳諧には用いることができる言葉。

新興俳句（しんこうはいく）
昭和前期において俳句革新を標榜《ひょうぼう》した運動とその成果に対する呼び方。

花鳥諷詠（かちょうふうえい）
高浜虚子による造語。ホトトギス派の指導理念。「花鳥」は花鳥風月を縮めたもので、自然を意味し、「諷詠」は調子を整えて詠う、賛美するを意味する。

▼**森澤多美子**

◉執筆者一覧

――執筆順。

井上泰至（いのうえ・やすし）編者→奥付参照

片山由美子（かたやま・ゆみこ）

公益社団法人俳人協会理事、俳誌「狩」副主宰。元青山学院女子短期大学非常勤講師。評論『現代俳句との対話』（本阿弥書店、一九九三年。俳人協会評論新人賞受賞）、『俳句を読むということ』（角川書店、二〇〇六年。俳人協会評論賞受賞）、『現代俳句女流百人』（牧羊社、一九九三年）、句集『風待月』（角川書店、二〇〇四年）、『香雨』（ふらんす堂、二〇一二年）など。

浦川聡子（うらかわ・さとこ）

編集者。俳人。現代俳句協会所属、俳誌「晨」同人。放送大学非常勤講師。別冊NHK俳句『もっと知りたい美しい季節のことば』（NHK出版、二〇一三年）、句集『クロイツェル・ソナタ』（ふらんす堂、一九九八年）、『水の宅急便』（ふらんす堂、二〇〇二年）、『眠れる木』（深夜叢書社、二〇一二年）など。

井上弘美（いのうえ・ひろみ）

公益社団法人俳人協会評議員。「汀」主宰。「泉」同人。武蔵野大学非常勤講師。朝日新聞京都俳壇選者。句集『あをぞら』（富士見書房、二〇〇二年）、『汀』（角川マガジンズ、二〇〇八年）、NHK俳句『俳句上達9つのコツ――じぶんらしい句を詠むために』（NHK出版、二〇一三年）など。

石塚　修（いしづか・おさむ）

筑波大学教授（日本古典文学・近世文学、国語教育研究）。『茶の湯ブンガク講座　近松・芭蕉から漱石・谷崎まで』（淡交社、二〇一六年）、『納豆のはなし　文豪も愛した納豆と日本人の暮らし』（大修館書店、二〇一六年）、『西鶴の文芸と茶の湯』（思文閣出版、二〇一四年）、『中学校・高等学校 国語科教育法研究』（共著、東洋館出版社、二〇一三年）など。第25回茶道文化学術奨励賞受賞（二〇一四年度）。

中岡毅雄（なかおか・たけお）

俳人。「藍生」所属。評論『高浜虚子論』（角川書店、一九九七年。俳人協会評論新人賞）、評論『壺中の天地現代俳句の考証と試論』（角川学芸出版、二〇一一年。俳人協会評論賞）、ＮＨＫ俳句『俳句文法心得帖』（ＮＨＫ出版、二〇一一年）、句集『一碧』（花神社、二〇〇〇年）、『啓示』（ふらんす堂、二〇〇九年）など。

深沢眞二（ふかさわ・しんじ）

和光大学教授（日本古典文学、連歌・俳諧研究）。『風雅と笑い―芭蕉叢考』（清文堂出版、二〇〇四年）、『連句の教室　ことばを付けて遊ぶ』（平凡社新書、二〇一三年）、『旅する俳諧師―芭蕉叢考 二』（清文堂出版、二〇一五年）、『芭蕉・蕪村 春夏秋冬を詠む 春夏編』『芭蕉・蕪村 春夏秋冬を詠む 秋冬編』（共著、三弥井書店、二〇一五～六年）など。

岸本尚毅（きしもと・なおき）

俳人。俳誌「天為」「屋根」同人。岩手日報俳壇選者、山陽新聞俳壇選者。句集『舜』（花神社、一九九二年）、『俳句の力学』（ウエップ、二〇一三年。第23回俳人協会評論新人賞）、『高浜虚子 俳句の力』（三省堂、二〇一〇年。第26回俳人協会評論賞）など。

青木亮人（あおき・まこと）
愛媛大学准教授（近現代俳句研究）。俳句評論集『その眼、俳人につき』（邑書林、二〇一三年。俳人協会評論新人賞及び愛媛出版文化賞大賞）、論文「汽罐車のシンフォニー　山口誓子の連作俳句について」（『昭和文学研究』七三号、二〇一六年）、評論「批評家たちの「写生」　小林秀雄」（俳句雑誌『翔臨』七六号、二〇一三年～連載中）など。

木村聡雄（きむら・としお）
日本大学教授（比較文学／英米文学研究）。俳人。現代俳句協会国際部長。国際俳句交流協会理事。日本ＰＥＮクラブ会員。句集『彼方』（邑書林、二〇〇一年）、『いばら姫』（ふらんす堂、二〇一〇年）、論文“A New Era for Haiku”（*Frogpond*, U.S., 37-1, 2014）、評論『英米文学にみる仮想と現実』（共著、彩流社、二〇一四年）、解説に『丸善イギリス文化事典』（共著、丸善出版、二〇一四年）など。

森澤多美子（もりさわ・たみこ）
国立高等専門学校機構沼津工業高等専門学校准教授（日本古典文学・近世文学研究）。元静岡県富士見中学校・高等学校教諭。報告「素描・滝の本連水―芭蕉を愛した明治俳人」（大輪靖宏編『江戸文学の冒険』翰林書房二〇〇七年）など。

俳句のルール

編者

井上泰至
（いのうえ・やすし）

防衛大学校教授。公益社団法人日本伝統俳句協会常務理事。著書に、『雨月物語の世界　上田秋成の怪異の正体』（角川選書、2009年）、『春雨物語 現代語訳付き』（角川ソフィア文庫、2010年）、『子規の内なる江戸　俳句革新というドラマ』（角川学芸出版、2011年）、『江戸の発禁本』（角川選書、2013年）、『雑食系書架記』（学芸みらい社、2014年）、『近代俳句の誕生　子規から虚子へ』（日本伝統俳句協会、2015年）など。NHK木曜時代劇『まんまこと～麻之助裁定帳』（2015年 7月～ 10月）の俳句を担当する。

執筆

井上泰至
片山由美子
浦川聡子
井上弘美
石塚　修
中岡毅雄
深沢眞二
岸本尚毅
青木亮人
木村聡雄
森澤多美子

2017（平成 29）年 03 月 10 日　初版第一刷発行
2018（平成 30）年 09 月 10 日　初版第四刷発行

発行者

池田圭子

発行所

笠間書院

〒 101-0064　東京都千代田区神田猿楽町 2-2-3
電話　03-3295-1331 Fax 03-3294-0996 振替　00110-1-56002

ISBN978-4-305-70840-3 C0095

大日本印刷・製本
乱丁・落丁本はお取り替えいたします。
http://kasamashoin.jp/